Martin Beyer

Und ich war da

Martin Beyer

UND ICH WAR DA

Roman

Ullstein

MIX
Papier
FSC FSC® C014496

Ullstein Buchverlage GmbH

ISBN: 978-3-550-20039-7

Umschlaggestaltung: Büro Jorge Schmidt, München
Gesetzt aus Century Schoolbook
Satz: LVD GmbH, Berlin
Druck und Bindearbeiten: GGP Media GmbH, Pößneck
Printed in Germany

... für Konrad Jacobs, von dem ich noch viel mehr hätte lernen können ...

Und Du bist da und da bin auch ich
Als Diener am Schafott.
Und wenn man auch uns die Wirbel bricht,
Dann schrei nicht nach mir, auch ich rufe nicht
Nach Dir oder Gnade und Gott.

Peter Rühmkorf
Und ich war da und da warst auch Du

Das Ende am Anfang

Als ich am 23. Februar 1943 auf den Acker lief, war ich in meinen vierundzwanzig Lebensjahren dreimal dem Tod begegnet. Mit *begegnet* meine ich, dass der Tod direkt vor mir stand, mir in die Augen blickte und prüfte, ob ich so weit bin oder ob er mich noch einmal gehen lassen muss. Ich meine damit nicht die vielen Anlässe, an denen ich den Tod zwar gesehen habe, er mich aber nicht. Als er unmittelbar neben mir stand und einen Kameraden mitnahm. Als er jemanden holte, den ich selbst zu ihm geschickt hatte. Białystok, Minsk und Smolensk. München-Stadelheim. Der Tod kann es sich gewiss nicht leisten, dass er zu viel Zeit an jemanden verschwendet. Warum war ich eine Ausnahme?

Ich erinnere mich, dass es ein angenehmes Gefühl war, als die nackten Füße die feuchte Erde berührten. Ein vertrautes Gefühl, der einzig denkbare Ort für meinen Abgang. Der Schnee war längst geschmolzen, der Boden weich und schlammig. Es war ein sonniger Tag, und alle Welt sprach vom Frühling, aber die Luft trug noch keine Spur von ihm, war noch winterherb und vom Einheizen gegen die Kälte verräuchert. Im Hosenbund steckte die Luger, ich spürte den Kolben bei jedem Schritt. Ich wollte mich genau in der Mitte platzieren, den Fichtenwald hinter mir, die Krähen gaben mir das Geleit. Wollte dem am Feldkreuz hängenden Herrn Jesu Lebewohl sagen und abdrücken. Sollte er ruhig zuschauen, wie ein weiteres Schaf dem Hirten die Gefolgschaft aufkündigte. Wobei ich nicht davon ausging, dass ein einzelnes Schaf für ihn noch von Bedeutung war.

Ich zog die Pistole mit der unversehrten Hand aus der Tasche und presste sie an meine Schläfe.

Einatmen.

Ausatmen.

Da störte ein Motorgeräusch die Stille vor dem Schuss. Es war jener Opel Blitz, der die Leute dazu brachte, sich zu bekreuzigen, wenn er vorbeifuhr. Nicht viel später stakste Johann Reichhart langsam über das Feld auf mich zu. Staatlich bestellter Scharfrichter für die Hinrichtungsorte München, Dresden, Stuttgart, Frankfurt und Wien. Vielleicht der gefragteste Mann im Deutschen Reich. Er trug noch immer oder schon wieder seine Arbeitskleidung: den abgewetzten schwarzen Frack, den Zylinder hatte er allerdings im Auto gelassen. Mit der Luger in der Hand stand ich da wie ein Pennäler, den man beim Rauchen erwischt hatte.

»Wenn du es nicht richtig machst, wirst du erst recht unglücklich«, sagte er mit seiner heiseren Stimme. »Warum fragst du nicht mich? Ich habe alles, was man dafür braucht, in meinem Auto. Und so schnell und gründlich bekommt das hierzulande niemand hin, das weißt du doch. Also, mein Junge, was machen wir jetzt?«

Die erste Begegnung
1936 bis 1941

Vater und das Maifräulein

Der Vater mochte die Hitlerjugend nicht. Am Stammtisch in der Alten Post sagte er mit Sicherheit nichts darüber, so schlau war er. Der Krinner Toni trug jedes verdächtige Wort an die Gestapo weiter, und der Krinner Toni saß an fast jedem Stammtisch im Umkreis, als gäbe es von ihm so manchen Doppelgänger. Jedenfalls mochte der Vater die Hitlerjugend nicht, weil er wegen ihr Konrad und mich mit einer anderen Person teilen musste – mit einem dahergelaufenen Mittzwanziger, der besonders zackig auftrat in der braunschwarzen Uniform und dabei noch nichts vom Leben wusste und noch nichts von der Welt gesehen, geschweige denn irgendetwas gearbeitet hatte. Max, der HJ-Führer. So einer konnte den Vater gernhaben, ein Gscheidhaferl, ein brauner Hanswurst. Und nicht nur, dass der Hanswurst nun anfing, seinen Söhnen zu erzählen, wie die Welt funktionierte, wer gut und wer böse war. Er raubte ihm kostbare Zeit, mehrere Stunden in der Woche. Zeit, in der er Konrad und mich gut am Hof hätte brauchen können, was heißt gut, es stand einfach außer Frage, dass er und nur er über seine Söhne verfügen konnte und niemand anderes.

Doch er hütete sich, etwas zu sagen, würgte alles hinunter, knirschte mit dem Kiefer, wenn die Leute groß daherredeten am Stammtisch, wenn sie von der Mechanisierung der Landwirtschaft fabulierten, der Rückgewinnung deutscher Ernteflächen im Osten. »Das Entscheidende, Hermann, das sind die Bauern. Ihr werdet Deutschland ernähren, wenn unsere Söhne sich aufmachen, die alten Grenzen wiederherzustellen.« Der Vater nickte kaum merklich. »Freilich«, sagte er dann, oder er schwäbelte »so isch des«. Beim Abschied nuschelte er das »Heil Hitler!« kaum hörbar in den Mantelkragen hinein.

Am Stammtisch war der Vater nicht der Wortführer wie zu Hause, war nur Mitsitzer und Mittrinker; er durfte froh sein, dass er den Platz bekommen hatte. Für die anderen war er noch immer der Zugezogene. Außerdem war er nicht einmal ein Veteran, den leichten Hinkefuß hatte er sich mit der Sense beigebracht. Ich gehe davon aus, dass der Vater sich selbst nach dem vierten oder fünften Bier nicht sonderlich wohlfühlte in dieser lauten und rauchschwangeren Versammlung der Dorfwichtigsten, doch er ließ nicht einen einzigen Abend aus. Er war beharrlich in solchen Dingen, nach ein paar Jahren würden sie ihn für voll nehmen, und er würde mit seinen Auffassungen Gehör finden. So saß er schweigend am Tisch, der kolossale Hermann Unterseher mit dem fettigen schwarzen Haar, ungeschnitten wie je, gräuliche Bartstoppel im Gesicht, noch in der Arbeitskluft aus einfachem Leinen, darüber ein wärmendes Wams, das er in der Wirtsstube schnell ablegen konnte.

Die neue Regierung interessierte ihn nur deshalb, weil sie Einfluss nahm auf sein Geschäft, und sein Geschäft bestand nun einmal darin, Getreide und Kartoffeln zu ernten und ein bisserl Vieh zu halten. Darin war er gut, und dazu hatte er den anderen einiges zu sagen, denn sie waren ja in mancher Hinsicht völlig auf dem Holzweg, wie er dachte. Wenn sie anfingen – und sie fingen an –, die jungen Männer zur Wehrmacht zu schicken und zu verheizen, dann würde bald niemand mehr da sein, der die Arbeit macht. So einfach war das. Doch er biss sich auf die Zunge, und solange er am Stammtisch noch nicht akzeptiert wurde, blieben der Bruder und ich die Ableiter seiner Gedankenblitze, und wehe, wir hörten ihm nicht zu.

Eine typische Nachtszene, wenn der Vater von den Stammtischabenden zurückkehrte: Konrad und ich arbeiten im Stall, arbeiten im Haus, kümmern uns um die Tiere oder reparieren etwas, es ist nach Mitternacht, wir müssen die Zeit in der HJ nachts nacharbeiten. Funzellicht, die Augen brennen, der Magen knurrt, wir leisten uns eine gemächliche Gangart, träumen von Kleinem und Großem, doch als wir den Vater heranpoltern hören, straffen sich unsere Körper, und wir täuschen vor, eifrig zu sein, seit Stunden schon. Je mehr er getrunken hat, desto eindrücklicher ist seine Lektion, das wissen wir. »Das eigene Feld, das muss man im Griff haben, und nicht von irgendwelchen Ländereien in Russland träumen, von Hunderttausenden Rindern, die zusammen wahrscheinlich so viel Milch geben wie tausend deutsche Kühe. Weil unterernährt, weil keine Maschinen, weil derbe Winter. Versteht's ihr des?« Manchmal, wenn er den eigenen Worten nicht genug Wirksamkeit beimaß oder vielmehr unseren Köpfen nicht die angemessene Aufnahmefähigkeit, packte er seine beiden Kaninchen am Schlafittchen und schüttelte sie ordentlich durch, begleitet von einem nahezu dialektfreien »Was wisst's ihr denn schon?«.

Es war allerdings so, dass Max trotz dieser nächtlichen Lektionen eine erhebliche Wirkung auf uns hatte. Auf den Bruder noch mehr als auf mich. Konrad vernarrte sich in die Symbole und Rituale, vernarrte sich in alles Militärische, als hätten wir zu Hause nicht schon eine Art Regimentszeit zu durchleben. Doch die HJ war ein Regiment, dem er zwar einerseits unterworfen war, auf dessen Rekruten er aber selbst nach und nach Einfluss nehmen konnte, das war der Unterschied. Max fand Gefallen an meinem Bruder, vermutlich mehr an seinen Muskeln als an seinem Verstand, er sah in ihm einen leistungsfähigen Kriegskörper. Er übertrug Konrad die eine oder andere Aufgabe, so durfte er kleinere Ertüchtigungs- und Wehrübungen leiten; alles Weltanschauliche, auch das Loben und das Strafen, blieben natürlich in Max' Verantwortung. »Was sind wir? Pimpfe! Was wollen wir werden? Soldaten!« Und so wurde Konrad Max' Jünger in braun-schwarzer Uniform, sichtbar geschmückt mit den Bändern seiner Erfolge. Von solchem Lob und solchen Auszeichnungen konnte er daheim nur träumen.

Was mich betraf, so war ich für all das durchaus empfänglich, was auch daran gelegen haben mag, dass wir dem Hof zweimal in der Woche fernbleiben konnten. Ich hatte keine Schwierigkeiten, den Leibesübungen zu folgen, schießen mochte ich gerne und konnte es gut, und was Max über die Ordnung und Unordnung der Welt erzählte, verstand ich zwar, aber es berührte mich kaum, genauso wenig wie das, was uns der Lehrer versucht hatte einzubläuen, als wir noch zur Schule gingen. Was mir gefiel, war das singende und pfeifende, schleichende und schnaufende, krabbelnde und rennende Sich-Ausleben in Feld, Wald und Wiese, häufig mit Lagerfeuer und Fackelzügen feierlich zu Ende gebracht. Eigentlich waren das nichts weiter als gemeine Pfadfindertage, allerdings von Max mit einer höheren Bedeutung geadelt; an solchen Tagen lief er zur Hochform auf. Dann kamen wieder diese raunenden Worte, und sie waren sicher treffend, denn sie trafen den Bruder, und ich konnte doch sehen, wie wichtig sie ihm waren. Ich dachte, da ich zu ihm aufblickte, es müsste mir genauso gehen, allein ich empfand die gewünschte Kameradschaft zu den anderen nicht oder vielleicht nicht so, wie Max sich das vorstellte, und ich wollte nicht für die anderen durch Himmel und Hölle gehen, für niemanden meine Hand ins Feuer legen, und ich wusste nicht, warum ich auserwählt sein sollte, diesen Planeten von Schmarotzern und Brandstiftern zu befreien.

Vater hatte nach solchen Tagen, an denen wir ihm bis auf wenige Stunden ganz fehlten, eine noch spürbar schlechtere Laune als nach gewöhnlichen HJ-Treffen, wir mussten diese Ausflüge lange büßen.

Da Max Konrad aufgrund seiner braunen Begeisterung und seines beharrlichen Fleißes eine Sonderstellung einräumte, wurde er von den anderen im Bunde respektiert, wenn auch manchmal widerwillig. Als sein Bruder genoss ich ebenfalls einen gewissen Schutz. Waren Hänseleien und Schlägereien mit dem zugezogenen schwäbischen Bauerntrampel in der Schule ein beliebtes Ritual gewesen, hörte dies mit dem Eintritt in die Hitlerjugend und der damit verbundenen Karriere des Bruders rasch auf.

Die Hitlerjugend machte keinen großen Unterschied, was Rang und Herkunft eines Kindes betraf: Jungarbeiter, Arbeitslose und Mittelschüler krochen mit den wenigen Oberschülern der Gegend, zumeist Lehrersöhne, durch den Dreck und pfiffen *Kann denn Liebe Sünde sein.* Man verachtete sich wechselseitig, doch man blieb stumm, und Max verstand es auf die ihm eigene Art, alle beisammenzuhalten.

Wundersamerweise fand ich in einem dieser Söhne aus besserem Haus einen Freund. Es war der Junge, der nicht nur bei allen körperlichen, sondern auch bei allen geistigen Anforderungen in der Gemeinschaft am meisten zu leiden hatte. So viele Erinnerungen, so viele Bilder, die mich manchmal sogar schmunzeln lassen: Paul schafft es nicht, vierhundert Meter am Stück zu rennen. Er stößt die Kugel, sie bleibt vielleicht zwei Meter vor ihm liegen und schämt sich, »von so einem Degenerierten« (Max) in den Matsch geschmissen worden zu sein. Das Lied *Nun lasst die Fahnen fliegen* bereitet ihm körperliche Schmerzen, wenn er es schmettern soll, er zuckt und windet sich, sein Gesicht spricht Bände. Überhaupt konnte Paul nur schwer seinen Unwillen verbergen, was Max zu immer neuen Ermahnungen, Drohgebärden und tatsächlich verübten Strafmaßnahmen verleitete. Dass Paul durchhielt und seine Tränen verdrückte, bewundere ich noch heute. Dass wir uns näher kennenlernen würden, war keinesfalls abzusehen, doch bevor ich von Paul erzähle, muss ich auf das Maifräulein und meine erste Begegnung mit dem Tod zu sprechen kommen. Ohne das Maifräulein wäre diese Geschichte nicht vollständig, wäre sie eine Gleichung, in der eine entscheidende Variable fehlte.

Nachdem die Mutter bei meiner Geburt gestorben war, bekamen wir regelmäßig Besuch von ihrer Schwester, Tante Lena. Als der Vater noch am Hof des Großvaters in Lohn und Brot stand, war sie immer um uns gewesen. Sie hatte sich um all das gekümmert, wozu mein Vater nicht willens war oder nicht in der Lage.

Später, als er den Hof seines unerwartet verstorbenen Cousins übernahm, sahen wir sie nur noch einmal im Jahr, immer im Frühling, zumindest in meiner Erinnerung, daher nenne ich Tante Lena das Maifräulein. In den Tagen, die sie bei uns verbrachte, gingen wir dem Vater nicht weniger zur Hand, aber wir hatten die Gelegenheit, auch ihr zur Hand gehen zu dürfen, und das bedeutete uns viel. Wir bekamen einen flüchtigen Eindruck davon, dass man die Dinge auch auf eine andere Art anpacken konnte, als es der Vater tat. Mit Freude, mit Aufmerksamkeit, mit Geduld. Ihr zuzusehen, wie sie Brot buk! Am Vorabend schüttete sie das Mehl in einen großen hölzernen Trog und rührte das Dampfl an. Der Teig blieb neben dem Kachelofen über Nacht stehen, mit einem Leintuch bedeckt und mit einem Spritzer Weihwasser bedacht. In aller Frühe knetete Tante Lena dann den Teig – ohne Hektik und scheinbar ohne jede Kraftanstrengung. Dieser Gesichtsausdruck, dieses völlige Versunkensein in der Tätigkeit, später habe ich das noch einmal beobachtet, bei Paul, wenn er gelesen hat. (Es hätte die Welt um ihn herum zuschanden gehen können, er hätte nicht von den Seiten aufgeblickt.)

Das Gehetztsein und der von meinem Vater ausgeübte Zwang gegen Mensch und Material standen zu diesem beinahe schwebenden Umgang mit den Dingen in scharfem Kontrast. Zwar konnte oder wollte er sich gegenüber der Schwester seiner verstorbenen Frau nicht so grob geben, doch bereits wenige Stunden nach ihrer Ankunft fing er an, ihr den Aufenthalt bei uns zu verleiden. Eine Rumpelkammer diente ihr als Schlafstätte, sofort wurde sie mit irgendwelchen Aufgaben betraut, und mein Vater wich nicht einen Deut von seinen üblichen Arbeitsroutinen ab, nahm sich nicht eine Sekunde mehr Zeit, um ein Gespräch zu führen, einen Malzkaffee zu trinken; vermutlich nicht einmal eine Sekunde, um sich an Josefine Unterseher, geborene Klim, zu erinnern, da er doch im Gesicht ihrer Schwester so viele Züge seiner Frau erkennen musste: die spitze Nase, die braunen Augen, das Haar von jener offiziell erwünschten goldenen Farbe. Vater schien es sich nicht zu erlauben, das zu sehen; im Gegenteil, er arbeitete noch mehr und schindete uns noch mehr als sonst. Immer im Mai, wir, vierzehn- und zwölfjährig, wir, fünfzehn- und dreizehnjährig, wir, sechzehn- und vierzehnjährig. Im Frühjahr 1936 sagte das Maifräulein einen folgenschweren Satz, und ich weiß nicht mehr, ob ich sie damals dafür bewunderte oder ihr sogar böse war, dass sie unsere gemeinsamen Stunden so unbedacht aufs Spiel setzte.

Tante Lena war nicht blind. Sie sah mit Sicherheit, dass ich in jeder freien Minute etwas in ein Hefterl kritzelte, dass ich Vögel zeichnete, dass ich die Namen von Pflanzen und Tieren lernte. Sie sah, dass ich rechnen übte; dass ich mir Schach beibringen wollte und dabei kläglich scheiterte; dass ich mir über Geld Gedanken machte und den Vater danach fragte, der wiederum mit dem Hinweis, das sei seine Sache, eine Antwort schuldig blieb. Sie sah, was mein Bruder da schnitzte; sie sah, mit wie vielen Bällen er jonglieren konnte; dass er Feuerspucken konnte; dass er onanierte; dass er eine Verliebtheit in den Augen hatte.

Sie sah das alles, auch woran wir litten, und am Abend vor ihrer Abreise fragte sie den Vater, ob sie uns nicht für ein paar Tage in die Heimat mitnehmen könne, auf den Hof des Großvaters in der Nähe des Städtchens Forchtenberg. Damit die Jungen bekannte Gesichter sähen, die alten Wege beschritten, sich erinnerten. Zwei, drei Tage nur, mehr nicht. Und dann der fatale Satz: »Damit sie nicht vergessen, dass sie eine Mutter hatten.«

Ich muss erwähnen, dass sich der Großvater nicht besonders gut mit seinem Schwiegersohn verstanden hatte. Es war zwar eine Selbstverständlichkeit gewesen, dass er den Vater nach der Hochzeit an den Hof holte. Und da der Großvater selbst keinen Sohn hatte, würde der Schwiegersohn den Hof einmal übernehmen, so wollte es die Tradition. Es hatte aber mehrere Streitigkeiten gegeben, die zu verstehen ich noch zu klein war; erst später habe ich zusammen mit Tante Lena versucht, alles zu rekonstruieren, und wir sind auf verschiedene Gründe für die Fehde gekommen. Vater und Großvater hatten sehr unterschiedliche Auffassungen darüber, wie man einen Hof führt. Großvater war ein stolzer Großbauer, der neben der harten Arbeit auf Umgangsformen und auf Rituale Wert legte. Er war großzügig, beim Erntemahl oder am Schrannentag gab er gerne zwei Fässer Bier aus. Außerdem war er ein Pferdenarr, er war stolz auf seine Haflinger und Pinzgauer, die teilweise schon fünfzehn Jahre klaglos ihren Dienst taten. Der Traktor? Futterschneidemaschine, Hackenzylinder, Mähbinder? Der Großvater tat sich schwer mit diesen Neuerungen. Der Vater hingegen befürwortete die Technik. Die Leistung eines Dampfpflugs, und das war nichts Neues mehr, lag bei 30, 35 Tagewerken! Eine unfassbare Steigerung der Produktivität, denn nicht jeder Knecht war so beflissen und tatkräftig und interessiert, wie der Vater das gerne gehabt hätte: »Manche arbeiten doch nur, um zu saufen.« Außerdem, und das ist vermutlich bedeutsamer, wird der Großvater einen stillen Vorwurf mit sich herumgetragen haben. Gesagt hat er es nie, aber dass er seinem Schwiegersohn in irgendeiner Weise Schuld am Tod seiner Tochter gab, das hat man ihm wohl angemerkt, meinte Tante Lena.

Ich hielt es so, und das hat sich nie geändert, den Tod der Mutter, wenn überhaupt, möglichst beiläufig zu erwähnen oder besser ganz darüber zu schweigen, um nicht mein eigenes Schuldgefühl zu nähren. Doch dadurch erkannte ich die Zusammenhänge nicht; erkannte nicht oder erst viel zu spät, wie stark es das Denken und Handeln der Familie beeinflusste, ohne Josefine Unterseher zu leben.

Als Hubert, der Cousin meines Vaters, verstarb und sich die Gelegenheit bot, dessen sehr viel kleineren Hof zu übernehmen, zögerte der Vater wahrscheinlich keinen Augenblick. Dass er uns mitnahm, sollte der letzte Streit zwischen Großvater und Schwiegersohn gewesen sein. Der Vater hatte mit Forchtenberg ein für alle Mal abgeschlossen.

Tante Lena wusste all das, dennoch versuchte sie es noch einmal, als wir am Eichentisch zusammensaßen. »Großvater ist dir nicht mehr gram, er ist viel versöhnlicher in letzter Zeit.«

Da schlug der Vater mit der Faust auf den Tisch und brüllte: »Niemals! Und jetzt kein Wort mehr darüber.« Der Nachhall des Faustschlags dröhnte noch in der Luft, da gab ich mir einen Ruck und warf ein: »Ich möcht aber gern, Vater. Und es sind doch nur ein paar Tage.« Der Vater sah mich für einen Moment verwundert an, seine Gesichtsfarbe verdunkelte sich, dann zischte er, die Söhne sollten aufs Zimmer gehen. Sofort.

Am nächsten Tag war das Maifräulein fort. Ohne Abschied zu nehmen. Und am darauffolgenden Tag kam es zu jenem Aufeinandertreffen zwischen Vater und mir im Kuhstall. Er lief auf mich zu, so schnell er mit seinem Hinkefuß laufen konnte; sein gewohnt gehetzter Arbeitsgang, er hätte genauso gut an mir vorbeigehen können, weil er noch den Bulldog reparieren, nach dem Vieh sehen oder etwas anderes erledigen musste. Er sagte kein Wort, ansatzlos schlug er mir in die Magengrube, ich knickte zusammen, dann packte er mich mit den Pranken, zog mich hoch, sagte nur: »Du widersprichst mir nicht mehr, nie mehr, hörst du?« Er ließ mich los, benommen stand ich vor ihm und dachte, ich hätte es überstanden. Doch da flog die zweite Faust, diesmal schlug er mir ins Gesicht. Ich muss kurz bewusstlos gewesen sein; als ich wieder zu mir kam, lag ich auf dem Boden neben einer Wasserlache. Es roch nach Stall, aber ich hatte die Spur eines anderen, sanften Geruchs in der Nase - der Waschzuber von Tante Lena. Vater war noch immer außer sich, wahrscheinlich auch darüber, dass ich so ein Schwächling war. Sicher hatte er es ursprünglich bei einer solchen Maßregelung belassen wollen, und ich werde diesen Blick von oben herab nie vergessen, diesen Blick in diesem kurzen Moment der Stille, in dem die Entscheidung fiel, dass er nicht von mir ablassen würde. Der Vater fing an zu treten, einmal gegen das Gesicht, mehrmals gegen den Brustkorb und gegen den Bauch; nach einer Weile floh mein Geist die Tritte, und ich spürte keinen Schmerz mehr.

Es war nicht schwarz um mich herum, und es war nicht weiß, es war kein Licht, und es war kein Schatten, es war nicht laut, und es war nicht leise, es war in allem ein Dazwischen, ein Friede, es war der Anflug der Idee, dass man die tägliche Mühsal auch hinter sich lassen konnte und dass es nicht schlimm war, denn es gab da jemanden, der einen aufnahm, der einem nicht böse war, der ohnehin schon alles gesehen hatte, was Menschen tun und sich antun können. Keinen Richter, es war kein Oben, und es war kein Unten, es gab kein Richtig, und es gab kein Falsch.

Heute ahne ich, dass es aus medizinischer Sicht ein beachtliches Glück gewesen ist, dass ich diese Prügel überlebt hatte. Damals dachte ich, der Tod habe mich noch nicht bei sich haben wollen, ich war schließlich erst siebzehn Jahre alt, ohnehin eine Unglückszahl. Aber solche Überlegungen kamen erst, als ich mich langsam wieder erholt hatte. Der

Zustand des Dazwischen währte nur kurz, und ich konnte, bevor mich Dunkelheit umhüllte, noch einen kurzen Blick auf den Vater werfen, nachdem er von mir abgelassen hatte. Er schlug mit dem Kopf gegen einen Holzpfeiler, und es entfuhr ihm ein Schrei, den ich bis heute im Ohr habe. Kein menschlicher, kein tierischer Laut, auch der lag irgendwie dazwischen. Dann seufzte er, weinte, der Name Guscht, mein Name, so liebevoll, so zart von ihm ausgesprochen, wie ich es nie zuvor gehört hatte. Dann war er weg.

Die Magd hat mich gefunden und Konrad gerufen. Sie haben mich zusammen in die Kammer getragen und aufs Bett gelegt. Selbst wenn ich es gekonnt hätte, hätte ich die nächsten Tage nicht das Zimmer verlassen dürfen. Der Vater wollte mich nicht sehen. Der Doktor kam, nähte die Gesichtswunde und tastete die Rippen ab, den Bauch, ich konnte vor Schmerz kaum atmen. »Alles ruhigstellen«, sagte er. »Und beten. Jeden Tag beten. Nach ein paar Wochen wissen wir, was heilt und was kaputt bleibt. Herrschaftszeiten, das war aber ein ganz gewaltiger Sturz, Junge, nicht wahr?« Der Doktor sah mich nicht mitleidig, eher angewidert an.

Die Erinnerung ist nicht zu kontrollieren, sie spielt ihr Spiel mit mir, sie ist manchmal wie ein Hund, der sich einmal dahin und einmal dorthin legt. Wenn sich der Erinnerungshund aber in eine bestimmte Position begibt und ich die Bilder von jenen Tagen im Kopf habe, erscheint es mir, als wäre ich erst mit den Worten »Ich möcht aber gern, Vater. Und es sind doch nur ein paar Tage« zur Welt gekommen. Als ich dem Tod das erste Mal begegnete, war ich siebzehn, aber eigentlich nur wenige Stunden alt.

Danach änderte sich viel: Ich fing an, den Vater zu beobachten; ja, ich würde sogar so weit gehen zu sagen, dass ich ihn erst jetzt als eine von mir getrennte Person wahrnahm. Vorher hatte er stellvertretend für mich gelebt, und daher war seine Verfügungsgewalt über mich total gewesen. Meine Arme und Beine klebten zwar nicht an seinem Körper, doch sie funktionierten genau so, wie er es wollte. Das sollte sich ändern, und das eröffnete mir eine ganz neue Welt. Wenn ich meine Arbeiten schneller erledigt hatte als gedacht, suchte ich nach ihm und wurde zu einem stillen Beobachter. Ich wollte einfach wissen, wie sich der Vater verhielt und warum er sich auf diese Weise verhielt. Vielleicht wollte ich am Ende des Tages nur verstehen, warum er mich beinahe zu Tode geprügelt hatte. Das geschah so, wie man Tiere beobachtet, die einem nicht Auskunft über ihre inneren Vorgänge geben können. Man kann ihnen alles nur von außen abschauen und sich einen Reim darauf machen, genauso war es mit dem Vater. Er hatte nicht die Sprache, um über sich selbst und seine Beweggründe zu sprechen, und selbst wenn er sie gehabt hätte, er hätte sie niemals mir gegenüber im Mund geführt. Es blieb mir also nichts anderes übrig, als ihn wie in einer Art Langzeitstudie zu beobachten, beinahe auf dieselbe Weise, wie ich das später mit den Vögeln versucht habe. Was tat er, wenn er nicht arbeitete? Wann und wie betete er? Wann schlief er mit der Magd, die dies mit geröteten Augen still erduldete? Zu welchen Anlässen gönnte er sich etwas? Ein Bier mehr? Einen Birnenschnaps? Wann drehte er sich eine Zigarette, wozu er mit den schwieligen Händen kaum in der Lage war? Ich machte Aufzeichnungen und tat alles dafür, dass er sie nie entdecken würde. So ergab sich nach und nach ein neues Bild des Vaters, den ich deswegen nicht weniger fürchtete und vielleicht nicht einmal besser verstand. Ich konnte nur besser vorhersagen, in welchen Stunden man sich besser von ihm fernhielt, meine Studien hatten also durchaus einen alltagspraktischen Nutzen.

Als die Rippen ausgeheilt waren und ich nicht mehr dauerhaft unter Kopfschmerzen litt, meldete ich mich wieder zur Arbeit. Ich hatte bis dahin, es war sicher ein Monat vergangen, kaum ein Wort mit dem Vater gewechselt. Er lächelte, als ich mich wieder arbeitsfähig zeigte, kniff mich sogar in die Schulter und sagte: »Nix für ungut, Bub.« Sollte das eine Entschuldigung gewesen sein, dann war es die erste aus dem Mund des Vaters, an die ich mich erinnern kann.

Und sollte ich gehofft haben, dass der Vater mich nach dem Zwischenfall mit dem Maifräulein nicht mehr schlagen würde, sah ich mich schnell getäuscht. Ganz aus dem Weg gehen konnte ich ihm nicht, und so fing es wieder an. Die üblichen Abreibungen, wenn ich etwas falsch gemacht hatte. Wenn ich einen Schemel oder einen Schraubenschlüssel liegen gelassen hatte. Wenn die Dreschwerkzeuge nicht sauber genug waren. Wenn mir die Krankheit eines Tieres nicht aufgefallen war. Wenn ich den Lanz-Bulldog nicht auf Hochglanz gewienert hatte. Ich habe in den Jahren auf dem Hof nie die Erfahrung gemacht, dass das, was ich tue, ausreichend ist. Gerade wenn ich mir besondere Mühe gab, wenn ich die Aufgabe eigentlich übererfüllte, fiel dem Vater ein Detail auf, das ihm nicht passte. Ich hatte ein Gatter nicht richtig verriegelt. Ich hatte die Mistgabel nicht an ihren Platz gehängt. Ich hatte noch ein Fitzerl Dreck oder Öl an den Händen, als ich zu Tisch kam. »Ein Dämlack bist du, eine Schande, zum Scheißen zu blöd!« Manchmal wurde ich nur durchgeschüttelt, manchmal schlug er mich, und das schien niemals zu enden.

Der Vater hat nie zu uns gesagt: »Es ist gut!«; wir waren niemals fertig, und niemals war das, was wir taten, nach seinen Maßstäben genug. Einen Erfolg zu genießen, zu ruhen, all das kann ich bis heute nur sehr schlecht - der Vater konnte es überhaupt nicht. Es war am Hof auch schwer zu sagen, wann etwas erreicht, wann etwas geschafft war - alles blieb Stückwerk; war der eine Brandherd gelöscht, dann auf zum nächsten. Waren die wenigen Kühe, die wir nur für den Eigenbedarf hatten, gemolken, waren der Ochse, die Pferde und die Schweine noch nicht versorgt, war noch nichts repariert, gesäubert, war die Ernte noch nicht eingeholt. Und war das Getreide geerntet, waren bald die Kartoffeln dran, und ehe man sichs versah, ging es wieder von vorne los. Wir taten immer nur das Nötigste, sprangen von Dringlichkeit zu Dringlichkeit und zählten am Abend auf, was noch nicht erledigt worden war, sodass es immer Zusatzaufgaben gab. Der Vater konnte die Dinge nicht mit Ruhe und Bedacht angehen, alles musste schnell, schnell gehen. Konrad und ich hatten durchaus Ideen, die Abläufe zu verändern, doch nachdem wir ein paarmal dafür nur Hohn und Spott oder die flache Hand geerntet hatten, sagten wir nichts mehr. (Und war es uns wirklich wichtig?)

Diese Art zu arbeiten stieß uns alle auf eine Spirale, von der wir nicht abspringen konnten. Der Druck erhöhte sich immer mehr, bis es endlich Winter wurde und uns die Natur eine Verschnaufpause verordnete. Wenn aber nicht Winter war, reichte jeder Funke, um das mit Sprengstoff randvoll gefüllte Vaterfass explodieren zu lassen.

Dass er mich arbeitsunfähig schlug, passierte ihm nur noch ein Mal. Die vier Wochen, in denen er nicht auf mich hatte zugreifen können, schienen nicht angenehm gewesen zu sein. Immerhin war ich ein halbwegs brauchbarer Knecht.

Außerdem verfeinerte ich durch die Vaterstudien mein Verhalten so, dass er immer weniger Anlass für die ganz großen Ausbrüche hatte. Einmal machte ich allerdings einen dummen Fehler. Die Lust lässt einen sorglos werden, auch das musste ich durch Schmerzen lernen.

Der Vater erwischte mich beim Onanieren. Hinterm Stall, praktisch in aller Öffentlichkeit. Mit der Ankündigung, er würde jetzt den Quark aus mir herausprügeln, verdrosch er mich und renkte mir dabei die Schulter aus, die der Doktor erst wieder einhängen musste. Wieder dieses gequälte Gesicht: »Ein paar Tage Pause, dann wird das schon gehen. Du musst mehr aufpassen, Junge, du scheinst ein rechter Tagträumer zu sein, so oft, wie du hinfällst.«

Nachdem er mich verprügelt hatte, hielt der Vater noch einen Vortrag über dieses gottlose Verhalten. Dass ich krank sei und noch kränker werde, wenn ich mich weiter an mir versündige. Dass er mir abfaule, dass Gott mich strafen werde, dass ich nie eine Frau finden, nie Kinder zeugen werde, dass ich niemals ein ganzer Mann werden, mich die Kirche bald ausspucken würde wie einen gemeinen Ketzer.

Ich war sehr zornig, und mein Zorn suchte sich einen neuen Fluchtpunkt, einen noch höheren, wenn man so will. Dass Gott und dieser Herr Jesus, der hier überall an den Kreuzen hing, mich nicht schützten, sondern auch noch als Grund für die Bestrafung angeführt wurden, das empfand ich als eine himmelschreiende Ungerechtigkeit. Vermutlich war es der Zorn, der Schmerz, was auch immer, jedenfalls ließ ich mich zu einer Tat hinreißen, von der ich wusste, dass ich sie bereuen würde, aber gerade dieses Wissen stachelte mich weiter an. Ich war bereit, eine Grenze zu überschreiten, den physischen oder seelischen Schmerz in Kauf zu nehmen. Noch mit ausgekugelter Schulter lief ich vom Hof bis zum nächsten Feldkreuz. Ließ die Hosen runter, pinkelte, die Sünde in der Hand, vor das Kreuz auf den Boden und schwor dem Herrn Jesu ab. »Soll mich doch der Teufel holen!«

Ich lief zurück zum Hof in dem Glauben, durch diese ketzerische Tat nun meine Seele verloren zu haben, dem Teufel hatte ich sie in die Arme geworfen, und das war nicht mehr rückgängig zu machen. Anfangs war mir das ganz egal, und abends, als es mir dann doch leidtat, kam mir die Rede von dem Einen Blut in den Sinn, die Max so häufig im Munde führte. Ich fing an zu bereuen, gleichzeitig ärgerte ich mich darüber, dass mein Leib und auch mein Geist derart beeinflusst waren von etwas Vererbbaren; von einem Zwang, den man nicht durchbrechen konnte. Dass auch das Blut des Vaters durch meine Adern fließen sollte, das erschreckte mich, ärgerte mich, das hatte die Natur nicht gut eingerichtet. Wenn ich so werden sollte, ja werden musste wie der Vater, dann würde mir auch kein Herr Jesu mehr helfen. Dieser Gedanke linderte die Reue merklich. Das Schmerzmittel des Doktors ließ mich einschlafen, und ich spürte lange nichts von einem Verlust. Ohne Seele durchs Leben zu gehen, fühlte sich nicht schlecht an.

Wie ich zu den Vögeln kam

Es war einer dieser monumentalen Hitlerjugend-Samstage. Einen ganzen Tag, abgesehen von den Nachtstunden, mussten wir nicht am Hof arbeiten; wir hatten uns erneut aufgemacht, Feld, Wald und Wiese zu erkunden. Junge Pferde sollten wir sein, die unbefestigten Wege kamen wir entlanggeweht. Der Körper sollte ertüchtigt, der Geist erfrischt werden, und Max verfiel in seinen raunenden Tonfall. Er war zum Scharführer aufgestiegen und betreute unsere Kameradschaft nur noch, weil wir seine ersten Schützlinge waren und er uns in bestmöglicher Verfassung an den Reichsarbeitsdienst und an die Wehrmacht übergeben wollte. Mein Bruder als Kameradschaftsführer hatte längst die meisten Aufgaben übernommen, aber die Samstage, die ließ sich Max nicht entgehen.

Alles an diesen Samstagen war bedeutsam, hinter jedem Baum lauerte die totale Erkenntnis über den Zusammenhang von Ich und Wir, Volk und Welt, Krieg und Frieden, Wahn und Wirklichkeit. Max machte stets ein Geheimnis daraus, was uns für Prüfungen erwarteten, über meinen Bruder wusste ich aber meistens Bescheid. So wusste ich auch, dass an diesem Spätsommertag des Jahres 1937 Paul aus der Gruppe verbannt werden sollte. Konrad und Max waren es leid, dass Paul kaum einen der Befehle ohne Murren oder einen schiefen Mund entgegennahm. Dass er sich bei den Leibesübungen manchmal absichtlich wie ein Kleinkind anstellte. Dass er bei den weltanschaulichen Vorträgen mit den

Augen rollte. Es hatte genug Strafrunden, Liegestütze, Abortschrubben, Anspucken, Salutieren in Unterwäsche und andere kleine Erniedrigungen gegeben, Pauls Trotz war daran nicht zerbrochen. Zudem gab es Gerüchte, Pauls Vater sei ein Jude. Er arbeite bei einem Wissenschaftler in München, dem sogenannten Bienen-Frisch, und dieser sei im mehrfachen Sinne nicht ganz sauber und ein Judenfreund. »Er hat ihn satt«, informierte mich mein Bruder in gewohnter Knappheit. »Er will ihm am Samstag eine Judenschrift unterjubeln. Und dann Tornisterkontrolle. Und - zack!«

Max wählte mich für diesen kleinen Sondereinsatz aus. Als wir uns frühmorgens am Rande eines Feldes trafen, teilte er uns in Marschpaare ein, alle bekamen einen Auftrag. Paul und ich sollten auf einen Hügel wandern, um dort ein Holzkreuz durch eine Hakenkreuzflagge zu ersetzen. »Marsch, Marsch, bis fünf Uhr seid's wieder da!« Max zwinkerte mir zu, um mich an meinen besonderen Auftrag zu erinnern - tatsächlich hatte ich bereits seit dem Vorabend besagtes Buch im Tornister, ich kann mich nicht erinnern, welches. Es muss etwas eindeutig Verbotenes gewesen sein, vielleicht Tucholsky oder Marx. Dass man wegen eines läppischen Buchs einen solchen Ärger heraufbeschwören konnte, hatte ich in der Schule schon einmal gehört, geglaubt hatte ich es wohl nicht. Ein Buch, was war das schon? Doch Max wusste in der Regel, was er tat.

Der Hügel war einen strammen Halbtagesmarsch entfernt, wir mussten uns sputen, und ich war mir nicht sicher, ob Paul überhaupt mitziehen würde. Er war jedoch bisher nie als Kameradenschwein aufgetreten, nie hatte er einen anderen der Gruppe in seinen Dunstkreis aus Ablehnung und Hohn hineingezogen. Die Prügel hatte er immer allein kassiert.

Paul stellte sich unterwegs nicht einmal dumm an. Er übernahm es, die Karte zu lesen, und lotste uns durch das Gelände. Es war sonnig, die Bäume winkten mit ihren zittrigen Herbstfingern. Wir hatten Föhnlage, die Berge am Horizont waren demaskiert, und die Welt sah irgendwie grell aus. Ich roch nichts, weder den zurückliegenden Sommer noch den nahenden Winter, hatte Schnupfen und blieb das eine oder andere Mal stehen, um den Rotz loszuwerden, so wie ich das auf dem Feld gelernt hatte. »Das ist in der Tat widerlich«, sagte Paul und bot mir jedes Mal ein verziertes Taschentuch an, das ich dankend ablehnte. Wenn ich irgendein Marschlied anstimmte - »Nun lasst die Fahnen fliegen in das große Morgenrot, das uns zu neuen Siegen leuchtet oder brennt zum Tod« - oder höllisch falsch das Pfeifen anfing, schüttelte er wortlos den Kopf. Wenn ich verstummte, summte er selbst irgendwelche traurigen Melodien. Als ich ihn einmal deswegen ratlos ansah, meinte er mürrisch: »Davon verstehst du nichts.«

Später, als Paul während einer kurzen Rast zwischen den Bäumen verschwand, unternahm ich es, ihm das Buch in den Tornister zu stecken. Ich öffnete das Lederband und hatte das zerfledderte Ding fast schon hineingeschoben, da entdeckte ich eine Fotografie: das Porträt eines Mannes mit stechendem Blick und silbrigem Haar wie Wurzelwerk. Es war, als hätte der Blick dieses Mannes mich gelähmt, eine männliche Medusa, ich konnte mich nicht rühren. »He! Was machst du an meinem Tornister«, rief Paul, nur noch wenige Schritte von mir entfernt. Blitzschnell ließ ich das Buch zurück in meine Tasche gleiten - ich brachte es nicht fertig, das verräterische Stück zu dem Bildnis dieses Mannes zu legen. Vielleicht war es Pauls Vater oder Großvater. Vielleicht dämmerte mir erst jetzt, dass ich dabei war, nicht nur Paul, sondern seine gesamte Familie in Verruf und damit in Gefahr zu bringen. Wahrscheinlicher aber ist es, dass mich erneut eine unerklärliche Sehnsucht ergriff, etwas zu tun, das ich später bereuen würde. Die Strafe, wenn ich meinen Auftrag nicht erfüllte, würde mich hart treffen, aber es war fast so, als freute ich mich darauf. Egal ob am väterlichen Hof oder in der Hitlerjugend; in den beiden Welten, in denen ich mich bewegte, wurde jeder noch so kleine Fehler streng geahndet. Es war daher für mich verlockend, so widersinnig das klingen mag, in manchen Situationen den Fehler bewusst zu machen. Oder war es doch nur der lüsterne Wunsch, eine Grenze zu überschreiten wie bei der Schändung des Feldkreuzes? Der Erinnerungshund gibt mir keine genaue Auskunft, er nickt und bellt immer an den unerwarteten Stellen, er lässt sich zu nichts zwingen. (Doch was erwarte ich, das alles ist über fünfzig Jahre her!) Und dennoch glaube ich, dass sich Vergangenheit und Gegenwart wieder annähern, ich sehe ganz klar, und manchmal höre ich die Früheren sprechen, als wären sie eben erst an mir vorbeigegangen.

Ich antwortete Paul, ich habe nur einmal sehen wollen, was er als Proviant dabeihabe, und das schien er mir sofort abzukaufen. Mein Bruder und ich hatten nie etwas dabei, der Vater lehnte es ab, uns bei diesen Verlustierungen auch noch durchzufüttern.

»Wer ist das auf dem Foto«, fragte ich Paul. Er zog das Bild aus dem Tornister. »Der hier? Besser, du weißt nichts von ihm.« Dabei hätte er es bewenden lassen können, doch er sah mich an, mit einem prüfenden Blick, seufzte leise, wie es seine Art war, und ergänzte: »Stefan George. Ein Dichter.« Ich nahm das Foto in die Hand und schaute erneut auf das enge Mienenspiel. »So ein Reimer eben«, sagte ich, was Paul zu einer Art Schmunzeln brachte. »Das ist jemand«, erwiderte er, »der dir die Fensterläden öffnet und einen gehörigen Wind hineinbläst. Sie müssen aber schon einen Spalt offen sein. Wenn du sie verrammelst, bringt es gar nichts.« Ich gab ihm das Foto zurück. »Ist der, ich meine, ist der verboten?«, fragte ich. Ich wies ihn darauf hin, dass es nicht unwahrscheinlich sei, dass nach unserem Marsch eine Tornistervisite anstehen könnte. Und was wäre, wenn Max das Foto fände? »Max weiß sowieso nicht, wer das ist, aber du hast recht, ich sollte ihm keine Rätsel stellen.« Er schob das Foto in seine Hosentasche - später, als wir das Kreuz entweiht und die schwarz-rote Flagge gehisst hatten, legte er es unter einen Stein neben der Flagge. »Hier ist er sicher«, murmelte er. »Bei den Wölfen suchen sie nicht nach einem Schaf.«

Als wir zurückkehrten und jedes Grüppchen von seiner erfolgreichen Mission berichtet hatte, tat Max so, als wäre er äußerst zufrieden und lobte uns für unseren Eifer. »Doch was ist morgen?«, rief er uns zu. »Es reicht nicht, nur an einem Tag zu glänzen. Der Kampf fürs Vaterland währt ewig, die Feinde lauern überall.« In dieser Weise sprach Max sicherlich noch eine ganze Weile weiter, bis er endlich dazu kam, unsere Tornister prüfen zu wollen. Bis auf erstaunlich viele Zuckerwaren und kleinere Unordentlichkeiten kam bei dieser Inspektion nichts heraus; ich hatte in meinem Anflug von Selbstkasteiung das verbotene Buch bei mir im Tornister gelassen, aber Max zog es nicht heraus. Er stutzte nur kurz, als er sich darüberbeugte, dann ging er weiter. Pauls Tornister hob sich Max bis zum Schluss auf, es sollte ja ein dramaturgischer Höhepunkt des gesamten Tages werden. Da er jedoch nichts Verdächtiges finden konnte, zischte er: »Noch mal Glück gehabt!« Als sich die

Gruppe zerstreut hatte, um Feuerholz zu holen, streifte mich ein fragender Blick – ich zuckte mit den Schultern, und Max wandte sich von mir ab.

Schließlich wurde ein Lagerfeuer entfacht, wir grillten über der Glut: Brot und ein bisschen Kleinvieh, die meisten Bäuche blieben hungrig. Max versuchte uns einzuschwören auf das, was unvermeidlich war: unser großer Kampf. Er wird von Opferbereitschaft gesprochen haben, von Kameradschaft, Sätze getaucht in Blut und Schweiß und Tränen. Er stand neben dem züngelnden Feuer, ruderte mit den Armen, schritt auf und ab, dabei die Arme hinter dem Rücken verschränkt. Ich glaube, auch wenn ich mich kaum noch an seine Sätze erinnere, dass er nicht einmal schlecht darin war, solche Lagerfeuerreden zu schwingen und die Schatten der Bedrohung neben den Flammen knistern zu lassen. Es gab sicher etliche seiner Art, aber es wird auch deutlich schwächere Figuren gegeben haben. Ein Großteil unserer Gruppe jedenfalls hing an seinen Lippen, mein Bruder allen voran. Paul als einer der wenigen Skeptiker starrte in das Feuer und ließ nicht erahnen, woran er dachte. Und ich? Fühlte mich hin- und hergerissen zwischen den leuchtenden Augen des Bruders und Pauls offener Ablehnung. An was Paul wohl dachte? Ich hätte es in diesem Augenblick zu gern gewusst.

Als das Feuer heruntergebrannt war, nahmen Max und mein Bruder Stöcke zur Hand und schoben die Holzkohle auseinander. Eine Fläche ungefähr von einem halben auf vier Meter. Max hieß uns die Schuhe ausziehen. »Wer an die richtige Sache glaubt, wer sich umgeben weiß von Kameraden, die alles für einen tun würden, der kann auch übers Feuer gehen.« Max stellte sich vor den glühenden Kohleteppich. Hielt inne. Atmete hörbar ein und aus und trippelte mit bloßen Füßen über das Feuer. Danach wischte er sich die Füße mit einem nassen Lappen ab. Offenbar war ihm nichts geschehen. Die Gruppe wurde unruhig, denn es dämmerte einem jeden von uns, was gleich geschehen würde. »Das ist bestimmt 1000 Grad heiß«, entfuhr es Joachim, einem hartgesichtigen Bauernburschen, und er meinte das nicht einmal sorgenvoll, er wollte vielmehr die Größe der Herausforderung unterstreichen. Er war dann auch der Erste, der sich vor die Kohlen stellte, »Heil Hitler« in den Nachthimmel quiekte und über die Kohlen rannte. Konrad, der Bruder, direkt hinterher, er hatte sich mit seiner Feuerspuckerei schon immer zum Feuer hingezogen gefühlt.

Nachdem Joachim und Konrad vorgeprescht waren, ging es munter weiter. Kneifen war keine Option. Paul schien an dieser Übung nichts auszusetzen zu haben, auch er bestand sie mit Bravour. Ich war es, der den Reigen beschließen sollte, also schmetterte ich irgendeine Parole und lief los, doch am Ende des Kohlenstreifens baute sich Max vor mir auf und versperrte mir den Weg. Ich verspürte einen rohen Schmerz, wich zurück und führte einen verzweifelten Tanz auf – die Gruppe stand geschlossen um den Feuerstreifen, johlte, niemand machte Platz; ich konnte nicht fliehen, erst als ich am Ausgangspunkt zurück war, ließ Edmund eine Lücke, und es gelang mir, benommen von den Kohlen zu springen. Der Tanz hatte mich vor größeren Verbrennungen an den Füßen bewahrt, wobei es wahrscheinlich klüger gewesen wäre, normal zu laufen und weniger die empfindlichen Zehen zu belasten. Doch allein der kurze Augenblick, als ich vor Max stand und nicht weiterkonnte, hatte ausgereicht, um üble Brandblasen zu bekommen.

So strafte Max. Er legte nicht selbst Hand an, seine

Gewalt war indirekt, meistens überließ er anderen die Ausführung. Oder dem Feuer.

Der Schmerz, ich erinnere mich, war heftig. Er war genau das, was ich erwartet hatte, als ich es versäumte, Paul das Buch unterzuschieben, und noch heute meine ich, unter den Narben an den Füßen die Brandblasen erkennen zu können. Als sich die Gruppe zerstreut hatte, humpelte ich zu einem nahe gelegenen Bächlein und kühlte meine Wunden. Nach einer Weile setzte sich der Bruder neben mich, kopfschüttelnd. »Max ist enttäuscht von dir, August. So eine leichte Aufgabe, und du bekommst nicht einmal das hin. Da wird was zurückbleiben.« Ich nickte nur, und er entfernte sich wieder. Kaum eine Minute später schob sich eine andere Gestalt aus den Büschen. Es war Paul. Irgendwelche Einleitungsfloskeln waren ihm fremd, er kam immer gleich auf das Wesentliche zu sprechen oder knüpfte an Gedankengänge an, die er gar nicht laut artikuliert hatte.

»Ich frage mich, warum du wohl bestraft wurdest«, fing er an. »Sei doch mal ehrlich, es gab keinen ersichtlichen Grund; ganz brav sind wir über die Wiese marschiert und so weiter, und der Max, das muss man ihm lassen, bestraft uns nicht wahllos. Was war es also?«

»Besser, du weißt nichts davon«, erwiderte ich mit seinen Worten, und da musste er leise kichern. »Sehr gut«, sagte er. »Sehr gut. Die Sache ist nur, ich weiß längst, was es war. Ich habe nämlich einen Blick in deinen Tornister geworfen, den du neben der Feuerstelle hast stehen lassen.« Wieder kicherte er, dann wurde er augenblicklich ernst. »Das Buch war für mich bestimmt, richtig? Eine gute Wahl, muss schon sagen. Da hat sich Max gut beraten lassen. Das wäre ein eindeutiger Fall gewesen. So, und jetzt sage mir, warum du es nicht gemacht hast?«

»So halt«, gab ich zur Antwort.

»Eine ganz und gar unbefriedigende Antwort.«

»Das Foto hat mich davon abgehalten.«

»Er?« Paul blieb eine Weile stumm. Dann reichte er mir die Hand, ich wusste gar nicht, was er von mir wollte. »Danke«, sagte er. »Du hast etwas gut bei mir, und ich werde das nicht vergessen.«

Ich musste niesen und fragte Paul nach seinem Taschentuch. »Jetzt willst du es doch?« Er lachte. »Na, das ist ein Anfang. Immerhin, das ist ein Anfang.«

Wer war Paul? Ich muss ehrlich sagen: Ich weiß es nicht. Zumindest weiß ich es nicht genau. Damals – und mit diesem Wort fängt die Ungenauigkeit schon an –, damals fehlte mir die Erfahrung, ihn zu fassen, und was ich heute über ihn zu wissen glaube, ist eine baufällige Rekonstruktion, entstanden aus den Erinnerungszufällen der Zeit. Er war ein Sänger. Er war ein Wortsammler. Er war ein Fremdling. Er war die Unruhe. Er trug einen Tornister angefüllt mit Träumen. Es lagen Wahrheiten auf seiner Zunge, die er nur selten verschluckte und für sich behielt, und das brachte ihn mehr in Gefahr als die Zweifel über seine Abstammung, mehr als sein vornehm norddeutsches Gebahren inmitten einer Schar ungeschlachter Bauernjungen aus Oberbayern. Ich wünschte, ich hätte ihn damals schon lieben können und nicht erst heute, da ich nur einen Schatten vor Augen habe. Ich wünschte, ich hätte damals erkannt, dass in ihm der Weg lag, der zu gehen gewesen wäre.

Paul jedenfalls konnte es nicht auf sich sitzen lassen, was an jenem Samstag passiert war. Dass ein Bauernjunge ihn gerettet hatte, mit dem er vorher kaum ein Wort gewechselt hatte. Und warum? Das war ein Rätsel, an dem er anscheinend zu knabbern hatte. Bei einem der nächsten HJ-Treffen bekam ich von ihm einen Zettel zugesteckt. *schuppen hinter edmunds hof. donnerstag. 17 uhr. keine ausreden. paul.*

In meiner Erinnerung lagern Bilder (wie ein Dachbodenfund, unsortiert und mit einer alten Wolldecke umhüllt), Bilder von einem gewaltigen Herbst und einem ungewöhnlich hellen Winter. Es blieb bis in den November hinein sonnig und angenehm mild. Der Vater war in diesen Tagen kein anderer, doch auch er erzielte in der Kategorie *Laune* in meinem Beobachtungsheft ungewöhnlich hohe Werte. Konrad erlebte sogar eine Art maienhaften Rausch: Er war verliebt. In ein Mädel namens Christine, eher blass und kränklich, aschfarbenes Haar, spitzes Kinn und viele Sommersprossen, die sich, wie Konrad munkelte, nicht nur im Gesicht befänden. Sein Techtelmechtel hätte mir ziemlich egal sein können, doch es war in diesen Wochen mein großes Glück. Denn der Bruder brauchte Zeit, Zeit mit Christine. Wir gingen beide nicht mehr zur Schule, aber das bedeutete nicht, dass wir mehr Spielraum hatten: Der Vater hatte die Schulstunden in Fronarbeit am Hof umgewandelt. Was also tun? Für Konrad wäre es nicht infrage gekommen, seine Arbeit für die Hitlerjugend einzuschränken, um sich mit seiner Flamme zu treffen; ein zusätzliches HJ-Treffen zu erfinden, um vom Hof zu kommen, sollte jedoch möglich sein. Vertiefung der Lehren Adolf Hitlers, fortlaufende Lektüre von *Mein Kampf*. Jeden Donnerstag, 16 bis 19 Uhr. Aber er brauchte mich, um diese schöne kleine Geschichte dem Vater vorzugaukeln.

»Der Vater müsste nur einmal mit Max sprechen«, gab ich zu bedenken.

»Aber er spricht nicht mit ihm.«

»Oder er müsste sich am Stammtisch darüber beschweren, dass die HJ jetzt noch mehr Zeit in Anspruch nimmt.«

»Das macht er sicher nicht, August, denk doch mal nach.«

Ich ließ mich gerne darauf ein – wir waren uns im Klaren darüber, was uns erwartete, wenn es schiefging. Der Liebesrausch meines Bruders war trotzdem stärker als die Angst vor dem väterlichen Zorn, und auch ich hatte gute Gründe, unvernünftig zu werden. Denn fünf- oder sechsmal überschnitt sich die vermeintliche Lektüresitzung mit den Treffen von Pauls Jungenschaft. Eine geheime Gruppe, zu der er mich mit seinem Zettel eingeladen hatte. Wechselnde Orte, meistens draußen, hastig aufgebaute Kothen, sechs, sieben Jungs, darunter Edmund aus unserer HJ-Gruppe, dem ich so etwas nie und nimmer zugetraut hätte. Er konnte sich, im Gegensatz zu Paul, gut verstellen. Die anderen waren aus einem anderen Dorf, darunter auch der Anführer, der sich hedo nannte. Alle trugen eine blaue Jungenschaftsbluse, nicht die schwarze der Hitlerjugend. Ein Falkensymbol als Erkennungszeichen, alle hatten einen Kunstnamen innerhalb der Gruppe, sie schrieben ihre Lieder und Gedankenfetzen in Kleinschrift in grau-roten Heften auf, was mir, der große Schwierigkeiten mit der Rechtschreibung hatte, als ungeheure Erleichterung erschien.

Der Hortenführer wirkte in seiner Gestalt und in seinem Verhalten noch fremder auf mich als Paul. Er trug einfache Tuchhosen, um die Taille ein Seil als Gürtel. Vor jeder Sitzung skandierte hedo eine Formel: »Verlasst die Tempel fremder Götter; glaubt nicht, was ihr nicht selbst erkannt.« Es wurde gelesen, gesungen, gefochten, gelacht, gespielt und gestritten. Paul beherrschte das Fechten mit Stöcken außerordentlich gut, jedenfalls machte es einigen Eindruck auf mich. (Heute denke ich, er wäre bei den Sansculotten viel besser aufgehoben gewesen als bei der HJ.) Ich nahm dieses fremde Treiben zunächst auf wie ein Kleinkind, das alles zum ersten Mal hörte, sah, schmeckte. Paul sang immer wieder berauschend traurige Lieder von irgendwelchen Leiermännern und Irrlichtern, von Hunden und Krähen. Ein Lied, das ich erst Jahre später wieder in den Ohren hatte, handelte von jemandem, der ein Posthorn hört und dessen Herz deswegen höher schlägt. Post von seinem Liebchen? Doch er bekommt keinen Brief. Was drängst du denn so wunderlich, mein Herz? MEIN HERZ? Wie Paul dieses »mein Herz« sang, fand ein Echo in meinem Körper. Ich wusste gar nicht, dass ich so etwas hatte: ein Herz, das auf eine Weise empfindet, dass es einem zu eng wird in der Brust.

Als Paul geendet hatte, antwortete ein Schlaks mit Pomadenhaar mit einem russischen Lied, zu dem alle tanzten, wobei tanzen das falsche Wort ist, es war eher ein gemeinsames Sich-Wiegen, ein seltsam harmonisches Gleiten durch den Raum, das äußerste Disziplin verlangte. Die gesamte Gruppe war makellos orchestriert in ihren mir fremden Tätigkeiten. Danach wurde laut vorgelesen und diskutiert. Eine Zeile blieb hängen, »Komm in den totgesagten park und schau« – das war eine Aufforderung, mit der ich etwas anfangen konnte, denn ich beobachtete ja gerne, aber wieso war der Park totgesagt, war es vielleicht Herbst oder Winter, oder hatte man ihn vernachlässigt? Ich hatte allerdings keine Zeit, um länger darüber nachzudenken, schon sirrten weitere Wörter durch die Luft, die an mir abprallten, da ich sie nicht begriff, und Namen wurden genannt, es waren die Verfemten, Tucholsky, Kafka, die laut auszurufen, das wusste ich alles erst viel später, äußerst leichtsinnig war. Paul kam während dieses durchritualisierten Treffens kaum dazu, mir etwas zu erklären. Dennoch: Ich war in Gesellschaft, und mir wurde angeboten, mich am Spiel zu beteiligen. Zu Hause wurde nie gespielt, allenfalls ein paar Figuren geschnitzt, gegen Kuhfladen gekickt, an besonders dunklen Wintertagen ließ der Vater sich zu einem Kartenspiel hinreißen, das er unbedingt gewinnen musste, sollte es noch zu einem zweiten kommen. Lieder kannten wir nicht, Schach spielte ich gegen mich selbst, ohne es zu können. Was hier ablief, war ein anderes Spiel, ein Erkenntnisspiel, untermalt von Musik und Gesang. Der Anführer hedo stellte mir bei diesem ersten Treffen Fragen, auf die ich kaum antworten konnte, höchstens mit einer Gegenfrage. Was glaubst du, ist deine Aufgabe auf dieser Erde? (Arbeiten?) Was bedeutet für dich Kameradschaft? (Äh, einander nicht anzulügen?) Was ist Schönheit für dich? (Ich weiß nicht, vielleicht ein Sonnenuntergang?) Paul lächelte dann und notierte etwas in sein Heft. Es war nicht so, dass er nur wie mein Lehrer auftrat, vielmehr wollte er mir das Gefühl geben, dass ich - schon bald - einer von ihnen sein könnte. Was sah er bloß in mir? Ich selbst fühlte mich wie ein Studienreisender in einem fernen Land, nur dass Bäume, Wiesen, Bäche und Menschen auf verblüffende Weise denen in meiner Heimat ähnelten. Als hätte ich ein Abbild bereist, das äußerlich identisch aussah, aber völlig anderen Regeln gehorchte. Aber irgendetwas irritierte mich an diesem anderen Land. Die Wörter, die ich hörte, und die Musik, die Paul so viel zu bedeuten schien, sie drangen nur selten zu mir durch. Außer dieses »Komm in den totgesagten park und schau« - ich dachte nach meinem ersten Nachmittag bei dieser anderen Jungenschaft, das könnte eine Aufgabe für mich sein.

Einmal holte mich Paul am Hof zu einem Treffen ab. Mir gefror das Blut. Er trug seine Hitlerjugend-Montur, was mich etwas beruhigte, und trat mutig dem Vater gegenüber, der ihn um mindestens drei Köpfe überragte. Auf die mürrische Frage des Vaters, was er denn zum Teufel hier verloren habe, gab er geschliffen zur Antwort: »Dem Schicksalsbruder und Blutsgenossen August habe ich die dringliche Meldung zu machen, dass sich der Ort des heutigen Treffens der Hitlerjugend geändert hat.« Der Vater sah über Paul hinweg. »Wos schert mi des«, maulte er in den Wind. »Außerdem«, setzte Paul kühn hinterher, »ist es immer dienlich, einen Hof zu betreten, auf dem hart und ehrlich gearbeitet wird. Was August in unserem Kreis über Ihren Hof berichtet, zeugt von einer Arbeit, die mit Fleiß und Tugend verrichtet wird. Wenn das überall so wäre, dann würde ich mir keine Sorgen um unser Vaterland machen.« Ich hätte es nicht gedacht, aber damit hatte er ihn. Er senkte den Blick, sagte sein »So isch des«, seine universelle Formel, und gab Paul einen Knuff gegen die Schulter, was diesen beinahe umgeworfen hätte. Dann ließ der Vater uns gehen, der Weg war frei für unseren erschummelten Nachmittag.

»Spinnst du!«, fuhr ich Paul an. »Was machst du hier?! Ein falsches Wort, und er hätte dich vom Hof geprügelt.«

»Ach, ich wollte dir ein Buch vorbeibringen – für das Heimstudium. Außerdem muss ich doch einmal schauen, in welchem Höllenkreis du eigentlich anzusiedeln bist.« Er lachte. »Jetzt habe ich einen Eindruck.«

Er drückte mir ein Büchlein in die Hand, es war *Die Biene Maja und ihre Abenteuer* von Waldemar Bonsels. Ich sah ihn ratlos an. »Ich habe ein paar Anmerkungen an den Rand geschrieben«, sagte er. Immer noch Schweigen und Ratlosigkeit. »Jetzt komm schon, August, willst du mit Nietzsche anfangen oder was? Das hier ist genau der richtige Einstieg für dich. Es ist nicht einmal verboten. Verkauft sich wie gebacken Brot. Da sieh, Auflage 740.000 bis 790.000! So viele Eier müssen eure Hühner erst einmal legen. Ihr habt doch Hühner, oder?« Ich versteckte das Buch trotzdem zwischen einem Stapel Feuerholz. Danach gingen wir zu dem Treffen der Jungenschaft und wussten nicht, dass es schon das letzte sein würde.

Im Herbst 1937 wurde diese Keimzelle bündischer Umtriebe von der Geheimen Staatspolizei ausgehoben. Paul landete für ein paar Tage im Gefängnis in München; was mit den anderen passierte, weiß ich nicht. Ich war in großer Sorge, dass sie mich ebenfalls holen würden. Ich weiß noch, wie die Stunden in einem furchtbaren Nebel von immergleichen Tätigkeiten am Hof vergingen, wie sich aber alles völlig anders anfühlte als sonst, begleitet von der Vorstellung, ich könnte diesen oder jenen Handgriff zum letzten Mal ausführen. Doch es kam niemand an den Hof, erst recht kein Beamter der Gestapo. Meine Sorge war sicher nicht unbegründet, auch wenn ich nur ein paarmal den Treffen beigewohnt hatte. Edmund blieb in dieser Sache ebenfalls völlig unbehelligt. Er machte in der Hitlerjugend weiter, als wäre nichts geschehen, sein Name fiel nie im Zusammenhang mit der anderen Jungenschaft. Heute vermute ich, dass er Paul und die anderen verraten hatte und deshalb nicht bestraft wurde oder von Anfang an als Spitzel eingeschleust worden war. Meinen Namen ließ er aus dem Spiel, vielleicht wegen meines Bruders und seiner Stellung in der HJ, vielleicht weil er mich für einen unbedeutenden Tollpatsch hielt, der von nichts eine Ahnung hatte.

Nach seiner Freilassung wurde Paul aus der Hitlerjugend verbannt, was Max mit spürbarer Genugtuung zelebrierte. Paul wirkte keineswegs gebrochen nach den Tagen im Gefängnis und angesichts des Hohns und Spotts, die seine Ausbootung flankierten. Sein Körper war unversehrt geblieben, zumindest an den sichtbaren Stellen. Er war noch mehr in sich zurückgezogen, seine Ausstrahlung war noch dunkler, das schon, aber bereits ein paar Tage nach seiner Rückkehr spielte er mir einen Zettel zu: *nächsten donnerstag machen wir einen ausflug. bist du schon einmal automobil gefahren? paul.*

Konrad und ich blieben bei unseren erflunkerten Studiennachmittagen; zwar diskutierten wir nach Pauls Verhaftung kurz darüber, damit zu pausieren, aber auf die Stunden mit Christine zu verzichten, das kam für meinen liebestrunkenen Bruder nicht infrage. Der Leichtsinn regierte uns, aber das Schicksal war gnädig in diesen Tagen.

Der von Paul veranschlagte Donnerstag war ein Feiertag, was für den Vater keine große Rolle spielte, außer dass er sich pflichtgemäß für eine Stunde in die Kirche begab. Wir dehnten an diesem Tag, was meine Idee war, die Dauer des Studienkreises sogar aus. »Denen ist aber auch nichts heilig«, kommentierte das der Vater und ließ uns zähneknirschend gewähren. Ich traf mich mit Paul an einem Lindenbaum, unweit seines Hauses. Wir spazierten gemächlich darauf zu, sein Vater wartete vor dem Eingang. Ein schlanker, gut aussehender Mann mit zurückgekämmtem dunklem Haar, er trug einen Sonntagsanzug (wenngleich für mich jeder Anzug ein Sonntagsanzug war). »Der ist nur geborgt«, begrüßte mich Pauls Vater und deutete auf den Wagen, es muss ein Adler Trumpf gewesen sein. »Der gehört dem Institut.« Vor dem Haus parkte eine Limousine, kalt glänzend, und strahlte eine mir unbekannte Eleganz aus. Wir machten uns auf den Weg nach München. Ich wusste nicht, was mich erwartete. Ich war tatsächlich erst einmal in meinem Leben in einem Automobil gefahren, der Vater hatte sich in einem Anfall von Großmannssucht einen Hanomag geliehen und war mit uns fünfmal um den Hof gefahren, bis mir schlecht wurde und er mich hinauswarf.

Unterwegs machten wir halt an einem Waldstück - Pauls Vater führte uns zu einer Lichtung mit mehreren Holzkästen, Miniaturhäuschen mit Dach. Eines davon öffnete er, es waren unzählige Bienen darin. Er schien nicht in Sorge, gestochen zu werden. Wenn wir uns nicht hektisch verhielten, sei das völlig ungefährlich, »im Winter wollen sie jetzt sowieso ihre Ruhe haben«. Er erklärte uns, also vor allem mir, dass dies ein Beobachtungsstock seines Vorgesetzten, Dr. Karl von Frisch, war und dieser Doktor sehr bekannt sei, denn er habe völlig neue Erkenntnisse über diese Tiere gewonnen. »Das ist wirklich ein großes Glück«, sagte Paul und schenkte den Bienenstöcken einen finsteren Blick, den ich nicht lesen konnte. Ob ich denn wisse, dass Bienen tanzen, fragte mich Pauls Vater. Nein, antwortete ich. Es gebe Bienen, sagte er, die als Kundschafterinnen ausschwärmten, um nach neuen Nahrungsquellen Ausschau zu halten. Durch den sogenannten Schwänzeltanz teilten sie den Bienen im Stock nach ihrer Rückkehr mit, in welcher Entfernung und Richtung diese Quelle zu finden sei. Später im Auto erzählte er mir vom Geruchssinn der Bienen und dass sie Farben unterscheiden könnten und von seiner eigenen Arbeit mit Fischen. Er und Doktor von Frisch stünden kurz davor zu beweisen, dass Fische hören können, was sie momentan an Ellritzen erforschten. Die Rede von Universitäten und Instituten, lateinische Namen, Experimente mit Zuckerwasser und Mikrofotografie - ich versuchte, mir das alles so gut ich konnte zu merken.

Ich saß in diesem Wagen, mein Magen schlug Kapriolen (schnelle Autofahrten vertrage ich bis heute nicht), gleichzeitig wirkte es wie ein Traum. Da saß jemand am Lenkrad, der nichts anderes machte, als Fische zu studieren; sein Vorgesetzter machte nichts anderes, als Bienen zu erforschen. Dazu wurden Bücher geschrieben und sogar Filme gedreht. *Aus dem Leben der Bienen.* Mit hundertsiebzehn Abbildungen, davon zwei farbig.

Wir schaukelten in die Innenstadt, ich war in einem fortlaufenden Zustand des Staunens gefangen. Monumentale Bauten; ein prächtig gekleidetes Paar (und ich hatte auf die Frage nach Schönheit »Sonnenuntergang« gesagt!); fahles Licht, das sich in den Fenstern spiegelte; Reklametafeln; eine irritierende Geräuschkulisse aus Hupen und Dröhnen. Und vor mir zwei Menschen, denen das alles so selbstverständlich war, dass sie es keines Kommentars würdigten. Wir parkten direkt vor einem schlossartigen Gebäude, dem Wilhelminum. Unzählige Gänge, gewaltige Gipsfiguren, Wandvertäfelungen und ein unaufhörlich parlierender Herr Jansen, der Erklärungen, Hinweise und Anekdoten an mich adressierte, an mich, der ich doch kein Student war und auch keinen höheren Schulabschluss hatte.

Glücklicherweise durfte ich kurz austreten und mich an einem Waschbecken erfrischen, sonst wäre ich wahrscheinlich einfach umgefallen. Pauls Vater führte uns durch die Ausstellung der Zoologischen Staatssammlung. Ich erinnere mich an Schaukästen mit Schmetterlingen, hallende Schritte, an einen fremden, schweren Geruch, Wachs vielleicht, überall Flaschen und Kästen, Vitrinen und Regale mit Mäusen und Spinnen und mir unbekannten Tieren; ja, die mir unbekannten Tiere waren deutlich in der Mehrzahl. Was ist das, und wo kommt es her? Ich linste wahllos auf die Beschriftungen, lateinische Namen, Asien, Afrika, Europa, und von überall her wurde ich angeschaut aus toten Augen, angeschaut und angeschaut und angeschaut und wusste nicht, was diese Blicke mir sagen wollten. Ich war bald nicht mehr in der Lage, mich auf irgendetwas zu konzentrieren, trieb durch die Räume, verlor Paul und seinen Vater aus den Augen, bis es dann geschah, was ich, ohne es heute überhöhen zu wollen, immerhin für einen besonderen Augenblick halte. Ich stand einer Vitrine mit Vögeln gegenüber, vielmehr ruhte ich mich vor dieser Vitrine aus, da ich beim besten Willen nichts mehr aufnehmen konnte. Nach einer unbestimmten Zeit, es hätten gut und gerne Stunden sein können, stellte sich der Blick doch noch einmal scharf, und mir fiel ein Kolkrabe ins Auge. Hatte ich vorher in diesem Raum eine starke Empfindung des vielmaligen Todes gehabt, tote Augen überall, tote Glieder, tote Knochen, erstaunte mich nun die Aura des Lebendigen, die dieser Rabe ausstrahlte. Lebenskraft, ein schwarzer Flügelschlag, Wissen, wenn nicht Weisheit in diesem Blick. Das Gefühl, von diesem Tier durchschaut zu werden, löste eine starke Gegenreaktion in mir aus: Ich muss hinter dein Geheimnis kommen! Ich trat in eine Art Dialog ein, aber anders, als ich mit den Tieren am Hof geredet habe (»So, jetzt wirst du gemolken, dicke Reni!«). Ich bildete mir eine Verwandtschaft mit dem Kolkraben ein – ein Gedanke, den ich bis heute nicht verworfen habe –, fühlte mich ihm weder über- noch unterlegen, fühlte mich herausgefordert, frischer und klarer.

Mir entging in dieser aufkeimenden Euphorie völlig, dass mein »Augenblick« eine einfache Reaktion auf das war, was mir Pauls Vater während unseres »Ausflugs« aufgeschlossen hatte: die wissenschaftliche Beschäftigung mit Tieren, die mich auf Anhieb mehr faszinierte als die Nachmittage mit Pauls Jungenbund, mehr als das wehmütige Schmettern von Liedern, mehr als das Tanzen, mehr als das Banjo, mehr als ein Gedicht von Stefan George oder Georg Trakl. Und war Pauls Vater nicht nur der Auslöser, der Funkenspender gewesen; war das alles nicht schon längst in mir angelegt gewesen und drängte nun ans Licht? Ich hatte schon früher Vögel gezeichnet (gekritzelt trifft es besser); ich hatte immer versucht, mir Tier- und Vogelnamen zu merken; ich hatte schon ein paar Hefte mit meinen Aufzeichnungen angelegt, sorgsam am Hof versteckt.

Ich stand noch immer vor diesem ausgestopften Kolkraben, als ich merkte, dass jemand neben mir war, Paul – woher er gekommen war und wie lange er mich schon beobachtet hatte, wusste ich nicht. »Aha«, sagte er nur und: »Komm, wir müssen los.«

Es war bereits früher Abend, wir waren durch die einsetzende Dunkelheit zurückgefahren. Mir fielen die Augen zu, doch ich ermahnte mich, wach zu bleiben, denn so würde ich die Dämmerung vielleicht niemals wieder wahrnehmen: als vorbeiblitzende Schatten, als dunkles Mosaik, dessen Teile sich an den Rändern auflösten. Als wir bei Paul ankamen, wollte es sich sein Vater nicht nehmen lassen, mir das Haus zu zeigen und mir seine Frau vorzustellen. »Irgendeine Ausrede wird uns schon einfallen«, sagte Paul, »das letzte Kapitel von *Mein Kampf* ist einfach zu spannend, irgendwas in dieser Art.«

Dieses Haus! Ich erinnere mich nur schemenhaft daran, vor allem an eine Farbe: eine Lampe mit grünem Perlenschirm, einen grün glänzenden Kachelofen, Pauls Mutter in einem dunkelgrünen Strickkleid (ich kann mich nicht an ihre Stimme erinnern oder ob sie überhaupt gesprochen hat), seinen Vater, der, wohl um es sich bequem zu machen, nun eine grün gemusterte Weste anzog; Wirsing auf dem Teller.

Paul setzte sich ans Klavier und versuchte, vermutlich ein letztes Mal, mich für seine Welt zu gewinnen. Ein letzter Überzeugungsversuch für die Welt des melancholischen Lieds, für die Welt der Verse und Tänze. Die Melodie, die er spielte, hörte ich Jahrzehnte später wieder, als ich mit meiner Tochter in Frankfurt einen Liederabend besuchte. Sie studierte dort und wurde nicht müde, mich bei meinen seltenen Besuchen durch die Stadt zu scheuchen. »Du kommst ja sonst nie aus dem Haus, Papa!«, und damit hatte Anna recht. Es war dieses »Fremd bin ich eingezogen, fremd zieh' ich wieder aus«, das mich an jenem Abend zerriss und mich in den milden Winter des Jahres 1937 zurückführte. Ich kann mich nicht daran erinnern, ob Paul diese Zeilen sang oder nur die Melodie erklingen ließ. Als er merkte, dass ich ihm zwar zuhörte, aber meine Gedanken woanders waren, wechselte er abrupt zu einem anderen Lied, und er sang:

Wenn wir uns im Tanze wiegen,
Ist mir so, als könnt' ich fliegen,
Hoch zu den Sternen, zum Himmel empor!
Tanzmusik und Glanz der Lichter,
Macht mich selig und zum Dichter,
Mir fällt ein Lied ein, das sing ich dir vor.

Ich hastete in der Dunkelheit nach Hause. Erst jetzt bemerkte ich, dass ich den ganzen Tag über die Kluft der Hitlerjugend getragen hatte, was ich mit einem Mal sehr bedauerte, als wäre ich in völlig unpassender Kleidung bei einer Hochzeit erschienen. Da hörte ich ein Knacken: Blitzschnell war jemand neben mir und packte mich am Kragen. Es war Konrad, aber er war nicht minder zornig als der

Vater an seinen besten Tagen. Erst jetzt dämmerte mir, dass wir unserer Geschichte nach gemeinsam beim »Studienkreis« sein mussten und demnach auch gemeinsam wieder nach Hause zurückzukehren hatten, damit alles glaubwürdig war. Mein Bruder hatte sich also mehr als zwei Stunden vor dem Hof die Beine vertreten müssen, er hatte nicht nach Hause gekonnt und mehr noch: Er fürchtete, dass der Vater jetzt dahinterkommen würde und es aus war mit den süßen Schäferstündchen.

»Wo zum Teufel warst du?«

Da er von meinem Kontakt zu Paul nichts wusste und auch nichts wissen durfte, beschloss ich, ihm eine Lügengeschichte zu erzählen, ich sei eingeschlafen und erst vor Kurzem wieder aufgewacht. Er glaubte mir kein Wort, das sah ich ihm an, er hatte aber keine Lust auf weitere Erklärungen.

»Was sagen wir?«, fragte er mich.

»Wir können behaupten, wir hätten über den Krieg gesprochen.« Paul hatte mir das, als er mich verabschiedete, geraten. Der Krieg ziehe immer als Argument. Alles laufe auf den Krieg hinaus, damit könne jeder etwas anfangen.

Nur mein Vater nicht.

Wir fanden ihn in der Küche, am Esstisch sitzend, er stützte den Kopf mit den Händen und stierte auf die hölzerne Platte. Er sah kaum auf, als wir das Zimmer betraten und uns entschuldigten; Max habe heute länger gemacht, weil wir über den Krieg gesprochen hätten und was da auf uns zukomme, und einige Kameraden hätten Angst davor. Konrad ließ sich zu dem Nachsatz verleiten: »Ich fürcht mich auch a bisserl.« Da erhob sich der Vater und baute sich vor dem Bruder auf. Ich war erfahren genug, die Lage richtig einzuschätzen, und trotzdem keimte in mir die Wunschvorstellung (wie in der Szene eines Propagandafilms), er würde dem Bruder die Hand auf die Schulter legen und so etwas sagen wie: »Keine Angst, mein Sohn. Es ist wichtig, dass du deinem Land dienst. Wir stehen immer hinter dir!« Stattdessen holte er aus und schlug dem Bruder zweimal mit der flachen Hand ins Gesicht, Konrad wankte, fiel aber nicht. Blut floss am Mundwinkel hinab, Zornestränen schossen in seine Augen, doch er hielt sie zurück. »Der Krieg ist hier«, brüllte der Vater. »Hier müsst ihr den Krieg gewinnen. Hascht davor auch Angscht?« Als Konrad nicht gleich antwortete, wiederholte der Vater die Frage. »Nein«, sagte der Bruder leise. »Nein?«, fragte der Vater. Erneut schlug er Konrad auf die rechte Wange. Danach hielt sich der Bruder zum Schutz beide Hände vors Gesicht, er zitterte am ganzen Leib. »Solltet ihr aber«, sagte der Vater und wandte sich mir zu. Ich dachte, jetzt bekomme ich auch noch meinen Teil ab, er ließ es aber diesmal dabei bewenden und sagte nur: »Und jetzt geht's schlafen, und morgen fangt's ihr um viere an. Die Stunden, die ich an den Maulaff verlier, holt's ihr wieder auf.«

Noch in der Nacht legte ich ein neues Hefterl an, während neben mir der Bruder, vermutlich wegen der Schwellungen im Gesicht, laut schnarchte. Ich riss die Seiten mit den Beobachtungen über den Vater raus und versuchte, den Kolkraben zu zeichnen, den ich in der Ausstellung gesehen hatte. Es war im Lichte der Funzel ein schwieriges Unterfangen, und vor allem scheiterte ich daran, diesen stillen Blick einzufangen, der so vieles in mir zum Klingen gebracht hatte.

Der Winter war nicht die beste Jahreszeit, um mit der Beobachtung von Vögeln zu beginnen, aber ich fing einfach mit dem an, was ich vor Augen und Ohren hatte, und dazu zählten glücklicherweise die Raben, die mich vor allem interessierten. Das größte Problem neben einer möglichst naturgetreuen Zeichnung der Tiere war die Wiedergabe ihrer Stimmen. Zunächst behalf ich mir damit, die Vogellaute mit den Buchstaben des Alphabets wiederzugeben, wie es ja auch in manchem Vogelnamen angelegt war: Kuckuck, Fink, Zilpzalp. Wenn ich nun aber die Ruffolge eines Raben auf diese Weise aufzuzeichnen versuchte, stand da eben nur ein »Kra Kra Krok Pause Kra Krok« oder etwas Ähnliches auf dem Blatt. Damit war aber gar nichts über Strophendauer, Klangeigenschaften, Tonhöhenverlauf, Tempo und Variation der Vogelrufe ausgesagt. Das alles dazuzuschreiben, erschien mir als zu umständlich, also überlegte ich mir etwas anderes. Ich konnte weder Noten lesen noch schreiben, aber ich hatte schon ein paarmal Notenblätter gesehen, in der Schule oder in Pauls Jungenbund, also zog ich vier Linien auf ein Papier und versuchte die Vogelrufe entsprechend einzutragen. Weiter oben, wenn es ein hoher Ton oder gar ein spitzer Schrei war, eher unten für die tieferen Töne. So bestand das flötende »dü-dü-dü« einer Nachtigall aus gleichlangen kurzen Linien im unteren Bereich meiner Notenlinien; das »gek-gek-gek« einer Elster (wenn sie aufgescheucht wird) versuchte ich mit dünnen Strichen eher in der Mitte des Feldes wiederzugeben. Beim Studium des Kolkrabens fiel mir auf, dass da viel mehr zu hören war als das »kra-kro-kro«. Ein Geschwätz aus unterschiedlichen Lautformen, ein Schnalzen und Knarren, ein »klong-klong«, manchmal ein Triller aus »k-k-k-k« oder sogar ein »hahuhu«. Eines dieser Hefte ist noch immer in meinem Besitz, und ich blättere es manchmal durch und wage angesichts dieser ersten Sonagramme dann so etwas Närrisches zu denken wie: »Das bin ich.« Auch das habe ich von Paul gelernt.

In welcher Situation die Vögel zu welchem Laut griffen und wie sie miteinander kommunizierten, das herauszufinden erfüllte mich mit großer Spannung; leider fehlten mir für ein solches Unterfangen jegliche Beobachtungsinstrumente und vor allem das Wissen, um über bloße Spekulationen hinauszukommen.

Bei einem der Treffen mit Paul wagte ich es, ihm mein Heft mit den Aufzeichnungen zu zeigen in der Hoffnung, er könnte mir vielleicht Hinweise geben, wie es besser zu machen wäre, oder vielleicht könnte er seinen Vater um Rat fragen. Doch Paul lächelte nur, als er einen Blick darauf geworfen hatte, und gab mir die Aufzeichnungen zurück. »Das ist bemerkenswert, August, wirklich«, sagte er anerkennend, und ich glaubte dennoch, eine gewisse Traurigkeit aus seiner Stimme zu hören. Er zeigte mir im Gegenzug eines seiner Hefte, das vollgeschrieben war mit Wortlisten, »Camenzind - Karwendel - Kalauer«, mit Versen und Zeichnungen von Gesichtern, die aber seltsam entfremdet waren und aus denen Pflanzen sprossen, Hüte saßen auf kegelförmigen Schädeln, überdimensionierte Gliedmaßen steckten in den merkwürdigsten Kostümen und an mancher Stelle befanden sich grelle Farbtupfer, die alles noch mehr ins Fantastische, Albtraumhafte zogen. »Das bin ich«, sagte Paul und nichts weiter. Damals ahnte ich nur, was er damit sagen wollte, heute weiß ich es besser.

Bei den Treffen mit Paul fand ich einiges heraus. In der Schule war es an der Tagesordnung, dass Paul verspottet und angefeindet wurde. Seit Februar ging er deshalb nicht mehr hin. Es war eine trübe Mischung aus Vorwürfen, er sei ein Jude, irgendein Familienmitglied sei ein Jude, er sei ein Kommunist und, das war neu, aber in dieser Reihe auch irgendwie konsequent: Er sei ein Bochana, ein Schwuler, was mit Lauten des Abscheus verkündet wurde. Man habe ihn dabei erwischt, wie er mit einem anderen Jungen ein unerhörtes Verhalten an den Tag gelegt hatte. (»Bussi Bussi Bumm Bumm.«) Manchmal, ohne dass ich gefragt hätte, erzählte er von seiner Zeit im Gefängnis – kaum Schläge, sie versuchten es mit Gesprächen, manchmal sogar auf die einfühlsame Art, mit Schokolade und Zigaretten. »Der Hortenführer hedo dürfte schon dort oben weilen«, Paul zeigte auf den Himmel. »Die anderen sind wahrscheinlich wie ich mit einem blauen Auge davongekommen.« Wobei er, so vermutete Paul, es nur der Fürsprache Doktor von Frischs zu verdanken habe, dass er wieder freigekommen sei. Der Bienendoktor hatte wohl ohne Unterlass telegrafiert, wobei von Frisch selbst in Verdacht geraten sei. Anonyme Hinweisgeber hatten eine jüdische Großmutter ins Spiel gebracht. Paul hoffte, dass der Doktor jedoch zu wichtig sei, um ihn einfach so zu beseitigen. Seine Forschungen würden die Sicherung der Ernährung in Kriegszeiten gewährleisten. Übertrieben gesprochen seien die Bienen fast wichtiger als die Waffen in einem Krieg; wenn die kleinen Biester eine Seuche bekämen, dann hätte der Volkskörper ein großes Problem. Pauls Vater hingegen sei nicht viel länger zu schützen, selbst wenn in der Stammfolge alles wunderbar arisch sei. »Glaub mir, das besorge ich schon selbst, August. Auf den Untergang verstehe ich mich.«

Der Zeiger der Kirchturmuhr rückte von Strich zu Strich. Aus einem milden Winter wurde ein ungemütliches Frühjahr. Schneeregen, Schlamm, Kälber wurden auf die Welt gezogen und schlugen wild um sich. Ich freute mich über die ersten Meisenrufe, genoss die wenigen Treffen mit Paul, als im April 1938 alles wie ein notdürftig gezimmerter Bretterverschlag zusammenfiel.

Ich fand einen Zettel von Paul im Astloch der alten Linde, wir hatten einen Briefkasten eingerichtet. *wir MÜSSEN uns sehen. paul.* Wir trafen uns bald darauf - ich wunderte mich selbst, wie lange der Bruder und ich mit unserer Lüge durchkamen -, Paul erschien in dunkelster Stimmung.

»Wir werden morgen fortgehen«, sagte er, er trug eine Art Lackmantel, Regentropfen perlten daran ab. Er kam ein paar Schritte auf mich zu, das Gesicht ganz nah, und ich war überrascht und vor den Kopf gestoßen ob dieser Neuigkeiten, aber es fühlte sich auch richtig an; dieses Gesicht, diese Gestalt, um nicht: diese Erscheinung zu sagen, was wollte sie noch hier, wo sie doch so offensichtlich keinen Platz hatte. Paul sagte, der Vater habe in Italien eine Stellung an einem zoologischen Institut in Aussicht, vermittelt habe diese - natürlich - Doktor von Frisch. Es gebe neue Gerüchte, und diesmal sehe sich von Frisch nicht mehr in der Lage, seine Familie zu schützen. Die Schlinge um des Doktors Hals habe sich ebenfalls zugezogen.

Pauls Worte waren wie ein körperlicher Schlag, dessen Heftigkeit ich erst spürte, als Paul anfing, alles zu erklären. Ich war benommen, und so hätte ich es beinahe nicht mitbekommen, dass er gar nicht gekommen war, um sich zu verabschieden, um Lebewohl oder Adieu zu sagen, sondern dass er mich aufforderte mitzukommen. »Ich meine das ganz ernst, August. Es wird Zeit für dich, ein paar Höllenkreise nach oben zu klettern. Wenn du hier bleibst, sinkst du nur noch tiefer in den Schlamassel.« Ich sehe es nach all den Jahren so deutlich vor mir: Er nimmt meine Hand, das hat er noch nie getan, ich weiß gar nicht, ob wir uns vorher jemals berührt haben. Nicht, um sie zu schütteln, er hält sie, während er weiterredet, einfach in seiner und drückt sie immer fester, so als wüsste er, dass er mich nicht mit Worten, sondern nur zusammen mit einer Berührung würde überreden können (so wohlüberlegt und überzeugend die Worte auch sind, die er hervorbringt). »Es ist wie ein Puzzle für mich, August, und die Teile haben sich jetzt zu einem vollständigen Bild gefügt. Ich kann mich nicht irren! Wir gehören zusammen, und niemand darf uns mehr trennen.« Er drückte mir einen Kuss auf die Wange, und als er von mir abließ, war ich außerstande, klar zu denken, musste ein paar Schritte zurückweichen, mich aus seiner Aura befreien, während ich unscharfe und grelle Zukunftsbilder vor Augen hatte. Wie würde das sein, wenn ich tatsächlich ginge? Mein Italienbild jener Zeit glich eher einem Südseetraum. Palmen, Hitze, das Meer, Ruinen und, was nicht recht dazu passte, römische Gladiatoren. Ich nickte Paul zu, sagte viel zu leise »ja ja ja« (was das Trommeln des Regens leicht übertönt haben dürfte); ich versprach, in dieser Nacht zum Treffpunkt zu kommen – Lindenbaum, wie immer –, und so ging ich nach Hause und hatte, wie kann es anders sein, noch einige Stunden zu arbeiten. Nichts gelang, ich stand völlig neben mir und musste aufpassen, mir nicht einen Fuß abzuhacken, und dachte, dass Konrad und der Vater doch merken mussten, dass etwas nicht mit mir stimmte: Es kam mir so vor, als würde ich nackt vor ihnen stehen, als könnte man mir den bevorstehenden Verrat ansehen, ihn riechen. Ich konnte nicht klar denken, nichts in Ruhe überlegen, derweilen musste ich doch eine Entscheidung treffen, Sicherheit gewinnen, aber das war mir unmöglich. Später, in der Kammer, der Bruder war bereits eingeschlafen, und ich hatte schon das Bündel mit dem Nötigsten in der Hand, da merkte ich schlagartig, dass ich es nicht konnte.

Dass ich überhaupt in der Lage war, mir eine solche Flucht vorzustellen, erschien mir ungeheuerlich, doch aus der Möglichkeit eine Tat werden zu lassen, das war noch einmal etwas völlig anderes. Es meldeten sich Stimmen zu Wort: tausendundein Argument gegen eine Flucht mit Pauls Familie, und alle könnte ich heute leicht widerlegen. Damals aber konnte ich es nicht. Ich legte mich ins Bett und versuchte mich davon zu überzeugen, dass ich ganz allein auf der Welt war, dass keine Entscheidung zu treffen war und dass da niemand auf mich wartete und alles immer so weitergehen würde wie immer; es stellte sich erst eine Art Erleichterung ein, als es dämmerte und ich mit Bestimmtheit sagen konnte, dass es zu spät war.

Am nächsten Tag ertappte ich mich dabei, wie ich erst zum Feuerholz und dann zu unserem Briefkasten ging und nachsah, ob ich nicht eine Botschaft von Paul, einen Abschiedsgruß oder etwas Ähnliches finden würde. Auch bei dem verabredeten Treffpunkt, den ich später inspizierte (aber diese wenigen Stunden waren ein ganzes Jahrhundert zu spät), entdeckte ich nichts.

Wer war Paul? Ich weiß es nicht genau. Er war ein Versprechen, das ich nicht einhalten konnte. Konnte ich es wirklich nicht? Es sind solche Fragen, die mich über die Jahre hinweg ausgehöhlt haben; und es half gar nichts, sie zu unterdrücken. Eine ganze Weile habe ich diese Strategie verfolgt, doch der Erinnerungshund musste nur einmal bellen, und der Schmerz war wieder da.

Nach dem Krieg suchte ich nach Pauls Spuren und fand zwei Aktenvermerke. Für das Regime zählte er zu den »gefährdeten und labilen Typen«, deren Fortpflanzung nicht wünschenswert war. Mit ihm war kein Staat zu machen, das wussten sie, jedenfalls kein Staat wie der ihrige. Paul war zu den falschen Zeiten an den falschen Orten, denn es gab keine richtigen mehr. Italien war keine gute Wahl, aber es war ja genau das nicht: eine Wahlmöglichkeit. Paul dürfte sich, wenn ich die Sprachregelung in dem italienischen Aktenvermerk richtig interpretiere, umgebracht haben, seine Eltern wurden gerichtet.

Was drängst du denn so wunderlich, mein Herz? Mein Herz? Pauls Herz dürfte genug Liebe angestaut haben, und es ist nie unter diesem Druck zerbrochen. Das weiß ich. Der Druck war immer von außen gekommen, und irgendwann war auch ein Paul Jansen nicht mehr in der Lage gewesen, ihm standzuhalten.

Was mich betrifft: Unsere Sondersitzungen mit der Hitlerjugend fanden bald ein jähes Ende. Der Vater war hinter die kleine Liebschaft mit Christine gekommen - wie, das habe ich nie erfahren. Nach und nach erklomm er unser Lügengerüst, und als er oben angekommen war, hatte sein Zorn noch einmal eine bemerkenswerte Kraft und Reinheit erlangt. Ich erinnere mich genau an den Nachmittag in unserer Wohnstube. Das vergilbte Foto der Mutter an der Wand, sie musste zusehen. Der Vater fing an, Geständnisse aus Konrad herauszuprügeln, doch er kam damit nicht weit. Konrad war zwanzig Jahre alt, die Arbeit am Hof und die Ertüchtigungen in der Hitlerjugend hatten ihn zu einem starken, athletischen Mann gemacht. Er hatte selbst Verantwortung übernommen, führte eine ganze Schar von Kindern und Jugendlichen an. Er bereitete sich auf Reichsarbeitsdienst und Wehrmacht vor, was dem Vater natürlich nicht gefiel. Kurz: Konrad war nicht mehr bereit, sich demütigen zu lassen. Nachdem er ein paar Schläge eingesteckt hatte, explodierte er, der seit Jahren angestaute Hass entlud sich in einem wilden Um-sich-Schlagen, das den Vater erst überraschte, dann tatsächlich nach und nach in die Knie zwang. Mit einem letzten Kraftholen stieß er den Bruder von sich und brüllte »Schluss jetzt!«. Ein demoliertes, blutverschmiertes Gesicht funkelte uns an, die Nase schien gebrochen, ein unbeschreiblicher Blick aus dunklen Augen. Der Vater drehte sich um und wankte aus dem Zimmer – mein Bruder sank weinend zu Boden und hielt sich die rechte Hand; und ich stand da, wie so oft, und wusste nicht genau, was ich tun sollte, durch welche Tür ich gehen sollte, mit dem Bruder in die Kammer, um ihn zu verarzten; oder zum Vater, um zu sehen, wie es ihm ging; oder nach draußen, in den Wald, um so zu tun, als wäre nichts geschehen.

Konrad ließ sich sogleich zum Reichsarbeitsdienst abkommandieren, und es zeigte sich, dass sein Einfluss in den dafür wesentlichen Kreisen mittlerweile größer war als der des Vaters. Ich blieb am Hof zurück und musste ihn für einige Zeit allein führen; mir wurden Arbeitskräfte über den RAD zugeteilt, sonst hätten wir den Acker nicht mehr bewirtschaften können. Der Vater brauchte einige Zeit, sich von der Auseinandersetzung zu erholen, doch er fand weder körperlich noch geistig zu alter Stärke zurück. Er fing an zu saufen, ein paar Monate ging das so, bis er sich wieder im Griff hatte. Im Suff wurde er manchmal sentimental, da stand er vor dem Bild der Mutter und schluchzte, da dankte er es mir tausendfach, dass ich den Hof am Laufen hielt. Und er vermisse Konrad so sehr und es tue ihm unendlich leid, was passiert war. An anderen Tagen hing er nur stumm seinen Gedanken nach. Er ließ sich einen Bart wachsen, die Haare sahen ungepflegter aus als je zuvor.

Ich konnte die Arbeit kaum bewältigen, vor allem nicht in der Erntezeit, andererseits fühlte ich mich auf eine mir völlig unbekannte Art frei. Der Vater war für sich und behelligte mich nicht, ich konnte in den Abendstunden tun und lassen, was ich wollte. Ich nutzte die Zeit für meine Vogelstudien oder um lange Spaziergänge zu unternehmen, bei denen ich ein Jahr später in einer alten Mühle eine Entdeckung machte.

Vierzig Paar Schuhe

Die Mühle war eine Ruine. Die lückenhaften Mauern waren bemoost und umrankt von Geißblatt; in dieser Umarmung wirkten die Steine wie konserviert. Das morsche Holz war mit Schimmelflecken übersät, Bretter lagen lose im Gras, vom Räderwerk keine Spur. Ich kann mich nicht erinnern, dass ich die Mühle jemals in einem anderen Zustand gesehen hatte, bis mir bei meinen Vogelbeobachtungen eine Veränderung auffiel. Nicht, dass die Ruine Spuren einer Behausung erkennen ließ, aber etwas war doch anders, und das machte mich neugierig.

1939 war das: Ein erneut viel zu regnerisches Frühjahr schickte sich an, uns die Ernte wegzuspülen. Der Vater, er hatte sich wieder etwas erholt, fluchte unentwegt, doch für uns beide war es gut, mit dem Wetter einen gemeinsamen Feind zu haben, den wir täglich beobachteten, dessen Regungen wir sorgfältig studieren konnten, um daraus irgendwelche Gegenmaßnahmen abzuleiten, die doch nichts nützen würden.

Meine Vogelstudien, so euphorisch ich sie begonnen hatte, fingen an, mich zu ermüden. Ich krakelte lustlos in den Heften herum, meistens wanderten meine Gedanken woandershin, zu Paul und unseren gemeinsamen Stunden, zu vagen Bildern davon, wo er sich jetzt aufhalten, wie es ihm jetzt gehen würde. In solche Gedanken vertieft, fiel mir die Mühle und ihre rätselhafte Veränderung ins Auge. Lagen die Bretter anders? Hatte jemand den Wildwuchs gestutzt? Ich stand auf und schlich mich heran – ermahnte mich zur Vorsicht, denn immer wieder war in letzter Zeit zu hören gewesen, dass sich Vogelfreie in den Wäldern versteckten, Juden, Kommunisten, Vagabunden, Menschen mit gänzlich unterschiedlichen Zielen und Lebensgeschichten, doch es ging nicht mehr um Unterschiede, und es war mir nicht klar, wer den Auftrag dazu hatte, sie zu finden, die Polizei, die Gestapo, die SS oder alle zusammen.

Wenn also doch jemand in der Mühle hauste und mich für einen braunschwarzen Schergen hielt, dann würde es mir schlecht ergehen, doch ich fand niemanden in dem Gemäuer. Allerdings bei näherem Hinsehen: Spuren. Schleif- und Fußspuren, die auf einen nur spärlich mit Laub und Sand überdeckten Kellergang zuführten. Bevor ich die Falltür freilegen und den Keller inspizieren konnte, wurde ich von einem merkwürdigen Wort aufgeschreckt. »So!«, rief eine Stimme hinter mir, und ich finde es bis heute erstaunlich, dass ich dieses »So« manchmal im Ohr habe, als wäre es gerade eben erst ausgesprochen worden. Es sollte ein bedrohliches »So« sein, aber vielleicht hatte sich Isabella einfach ein falsches Wort ausgesucht, um einen Eindringling in ihren »geheimen« Lagerräumen zu stellen. Trotzdem erschreckte sie mich, und ich drehte mich so schnell ich konnte um und erwartete, ein Brett auf den Schädel geschlagen oder ein Messer in den Bauch gerammt zu bekommen. Die Frau, die da in katzenhafter Lauerstellung vor mir stand, hielt ein verrostetes Stemmeisen in der Hand. »Ich bin vom Unterseher-Hof«, sagte ich hastig, was sicherlich eine gleichermaßen unbrauchbare Antwort auf ihr vollmundiges »So« war. Die junge Frau verharrte in ihrer Stellung, ein dunkelblaues Kleid, Wollstrumpfhosen, zertragene Strickjacke, Pagenfrisur. Nicht die Zutaten, um einen in Angst und

Schrecken zu versetzen. »Und weiter«, sagte sie. – »Ich bin hier draußen, um Vögel zu beobachten. Ich will dir nichts tun.« – »Vögel, sagst du. Ja hast denn nichts Besseres zu tun? Bist du ein Müßiggänger, oder?«

Isabella verstand es sofort, ohne mich auch nur eine halbe Minute zu kennen, die wunden Stellen zu treffen. Faul zu sein war die größte Beleidigung, die man einem Unterseher an den Kopf werfen konnte. »Was weißt du schon!«, sagte ich, angesichts der Situation sicherlich eine Spur zu aggressiv. – »Beweise!«, forderte sie. Ich warf ihr das Heft hin. Sie hob es mit einer Hand auf und blätterte es wie ein Daumenkino durch. »Aha«, bemerkte sie und ließ die rostige Eisenstange sinken. Sie warf mir das Heft zurück und sagte: »Jetzt verschwinde! Und kein Wort, hörst du?« Sie schien kurz zu überlegen. »Ach, eigentlich ist das jetzt auch schon egal, ich muss sowieso woandershin mit dem ganzen Geraffel.« Ich war verblüfft, dass sie so schnell die Waffen streckte, und fragte sie: »Was machst du hier eigentlich?«

Sie kam auf mich zu, jetzt würde sie mich doch noch niederschlagen, dachte ich, aber sie legte Daumen und Zeigefinger an mein Kinn und drehte meinen Kopf von links nach rechts, nach oben und unten; sie musterte mich, schätzte meinen Wert, als wären wir auf einer Auktion, und anscheinend hielt sie mich für brauchbar – oder zumindest für harmlos. »Die alte Mühle ist mein Lager«, sagte sie. Ich wohne in München, handle mit Schwarzwaren, und ich schiebe meine Sachen zwischen der Mühle und der großen Stadt hin und her. Da hast du's.« In der Stadt helfe ihr Peter, ihr Bruder, mit einem Lieferwagen aus, die letzte Strecke lege sie mit einem Fahrrad zurück, an das sie einen hölzernen Aufsatz befestigt hatte, eine kleine Ladefläche, genug für ein paar Kisten.

Sie legte die Eisenstange weg und öffnete die Falltür, der Kellerraum förderte Erstaunliches zutage. Ein gut gefülltes Weinregal, stangenweise Zigaretten, Medikamente, Schokolade, Hosen, Herrenstiefel. »Vierzig Paar Schuhe«, sagte sie, »ich habe gerade Inventur gemacht.« Als ich sie erneut danach fragte, was das alles solle, erklärte sie mir, dass es bald Krieg geben werde, und im Krieg würden solche Waren wie Gold gehandelt. Sie bereite sich seit Monaten darauf vor, habe alle ihre Besitztümer, all ihr Erspartes gegen diese Waren eingetauscht und warte jetzt darauf, dass ihr Wert steige. Dann werde sie, wenn nichts schiefgehe, reich sein. Isabella stand vor mir und erläuterte einem Fremden die Vision ihres künftigen Reichtums wahrscheinlich genauso euphorisch und detailliert, wie sie es ihrer Mutter erzählt hätte. Und diese Stimme! Mit dieser Stimme, dachte ich, würde sie jeden überzeugen können. Es war für ein so zierliches Wesen eine erstaunlich tiefe Stimme, warm und weich, selbst wenn sie Gröbstes von sich gab. (Isabella klang niemals hysterisch, selbst wenn sie tobte, und ihr Lachen riss mich jedes Mal mit, und mir wurde bewusst, dass ich in meinem Leben vielleicht noch nie richtig gelacht hatte.)

Und auch der nächste Schritt an diesem Nachmittag gehorchte ihrer berückend einfachen Logik. Ich wurde, derart in ihr Geheimnis eingeweiht, unverzüglich zu einem Gehilfen auserkoren; das war jedenfalls viel besser, als das *ganze Geraffel* wegzuräumen. Feind oder Gehilfe, eine andere Möglichkeit gab es nicht. »Ich kann dir doch vertrauen, oder? Ich meine, wer Vögel beobachtet, der kann doch nichts Böses im Schilde führen. Außerdem kenne ich die Menschen, das wirst du schnell merken.« Wenn sie so drauflossprach, wirkte es, als wäre alles bis ins kleinste Detail durchdacht, als hätte sie einen unverrückbaren Plan vor Augen,

Zahlen, Geldwerte, Prognosen. Doch als ich etwas näher nachfragte, merkte ich schnell: Da war nichts oder zumindest nicht viel Durchdachtes. Ein starker Instinkt, eine bezaubernde Geschichtenerzählerin, aber rechnen konnte Isabella nicht.

Schon bei unserer zweiten Begegnung in ihrem Lager schenkte sie mir einen wahren Schatz, Dr. Kurt Floerickes *Vogelbuch,* das sie gegen eine Flasche Wein eingetauscht hatte. Isabella war mir gegenüber äußerst freigebig, was ihrem Geschäftssinn durchaus entgegenstand. Aber warum schenkte sie mir etwas derart Kostbares? In der Rückschau mag es so erscheinen, dass sie mich damit binden wollte, die Gefahr mindern, dass ich sie verpfeifen würde, da ich in ihrer Schuld stand. Aber damals dachte ich nicht daran und bildete mir ein, dass sie mich von der ersten Begegnung an einfach mochte und mir vertraute, das war ein wunderbares Gefühl. Ich hatte, seit Paul fort war, zu niemandem mehr eine freundschaftliche Beziehung, und mit einem Mädchen hatte ich ohnehin noch nie etwas gehabt. Als Konrad noch mit Christine gegangen war, war ich nicht eifersüchtig gewesen, denn es gab ja Paul. Jetzt aber merkte ich, wie es mir fehlte, einen Freund zu haben.

Das Buch war grandios mit seinen detailgetreuen Abbildungen der Vögel Mitteleuropas, mit seinen genauen Beschreibungen, Gruppierungen, Tabellen und anatomischen Studien, ich verbrachte viele Stunden damit. Ein großes Foto zeigte den Autor, einen ergrauten Mann mit Vollbart und Nickelbrille, wahrscheinlich hatte er sein gesamtes Leben darauf verwandt, Vögel zu studieren, und das war nun das Ergebnis: ein Lebenswerk. Eine gemeinverständliche Naturgeschichte der mitteleuropäischen Vogelwelt für Forst-

und Landwirte, Jäger, Naturfreunde und Vogelliebhaber, Lehrer und die reifere Jugend und für alle Gebildeten des deutschen Volkes. Mit 50 Tafeln in Buntdruck nach Original-Aquarellen von Karl Neunzig. Was für ein Geschenk! Die Sache war nur, dass dieses Buch meine gesamten hochfahrenden Vogelkundlerpläne zunichtemachte. Dieses Buch war perfekt. Dr. Floericke war ein Genie (»Ich kenne nichts Herrlicheres als eine Reise mit einem wissenschaftlichen, besonders ornithologischen Zweck oder Hintergrund«). Wie sollte ich ungebildeter Bauernjunge jemals solche wissenschaftlichen Höhen erreichen. Und diese Zeichnungen: Das Blatt mit den Krähen (Tafel I) riss ich mir heraus und nahm es später mit in den Krieg. Da hatte ich ihn wieder, den stillen Blick des Kolkraben. Sicher hatte es Isabella anders gemeint, aber sie nahm mir mit diesem Buch schlagartig die Freude an meinen Naturbetrachtungen, ich musste mir etwas anderes suchen. Und dieses andere bot sie mir sogleich an: Es war das Rechnen. Die Zahlen. Es war das, was ihrer Unternehmung völlig abging. Was sie »Inventur« nannte, war eine flüchtige Strichliste, sie hatte, wie sich herausstellte, keine große Ahnung von Marktpreisen, von Rabatten, von Prozenten. Ich auch nicht, aber ich bekam Lust, mich darauf einzulassen. Um ihr zu gefallen, mit Sicherheit. Aber auch deshalb, da mir die Naturkunde wie ein Feld erschien, das schon von so vielen Meistern wie Doktor von Frisch oder Doktor Floericke beschritten worden war. Was hatte ich da verloren? Jemandem zu helfen, ein Geschäft aufzubauen, das war etwas anderes, etwas Handfestes, und das war mir sogar am Hof von einigem Nutzen. Der Vater hatte diese kaufmännischen Aspekte immer in seinem Kämmerlein erledigt, ohne uns daran teilhaben zu lassen. Nach seinem Ausfall in den vergangenen Monaten war ich allerdings gezwungen gewesen, mich mit dieser Materie zu beschäftigen, ob ich wollte oder nicht. Und ich stellte schnell fest, dass es mir Freude bereitete.

Ich tauschte meine Vogelstudien gegen die Buchführung eines illegalen Schwarzhandels ein. Warum und wie Isa auf die Mühle als Versteck gekommen war, wollte sie mir entgegen ihrer Gewohnheit, alles frank und frei auszuplaudern, nicht direkt beantworten. Es sei ein Zufallsfund gewesen, behauptete sie, das musste aber ein merkwürdiger Zufall gewesen sein, war es doch ein gutes Stück mit dem Lastenfahrrad, wenn man München erreichen wollte und umgekehrt. Und ohne Ortskenntnis war die Mühle so gut wie nicht zu finden.

»Je weiter weg, desto sicherer«, sagte sie lapidar und fuhr mir wie einem Kind durch das Haar; eine Geste, die ich nur vom Maifräulein gekannt hatte.

Eines Abends, als der Vater betrunken vor sich hin brütete, begleitete ich sie in die Stadt und merkte, dass die Überforderung in den mir unbekannten Straßen die gleiche war wie damals, als ich mit Paul da war. Das Geknatter, das Gemurmel, das Gehupe, die Gerüche, das Tempo, das gleißende Licht, die Gesichter und die Leiber. Ich lernte an diesem Tag Isas Bruder kennen, einen hageren Kerl, das verlebendigte Misstrauen, der in mir entweder einen Profiteur oder Spitzel oder beides sah, da konnte die Schwester noch so oft betonen, wie nett und zuvorkommend und hilfreich ich sei.

Ich kann mich noch genau an den Augenblick erinnern, als sie mich ihm vorstellte. Ihre gemeinsame Kammer, irgendwo in einem ruhigen Wohngebiet, wohin ich ihr orientierungslos gefolgt war. Peter, ich erinnere mich an streng gescheiteltes blondes Haar und eine große Brille, würdigte mich kaum eines Blickes, nahm Isa beiseite und redete auf sie ein. Sie schüttelte nur immerzu den Kopf, winkte ab. Nach Peters Philippika kam sie wieder auf mich zu, lächelte gequält und sagte, ich solle mir nichts draus machen. »Vorsicht ist die Mutter der Weisheit, das wird wahrscheinlich auf seinem Grabstein stehen.« Ich war ihm nicht recht, das war offensichtlich, und warum ich Isa recht war, konnte ich nur erahnen. Warum sie mich nicht einfach wegschickte, diese Frage verfolgte mich, doch ich traute mich nicht, sie zu stellen, und genoss die Minuten, die ich mit ihr zusammen sein durfte. Immerhin wusste ich nach meiner Erfahrung mit Paul ja, wie schnell man in diesen Zeiten gefährdet war, und so erklärte ich mir, dass auch Peter in einem solch *gefährlichen Zustand* lebte, daher nahm ich ihm seine Vorsicht nicht übel. Als wir die Wohnung verließen, fragte ich Isabella an einer Straßenecke, worum es *wirklich* bei ihrer Unternehmung ging. Sie sah sich erschrocken um. »Halt die Klappe«, sagte sie, »es ist besser für dich, wenn du nichts weißt.« Ich ahnte, dass sie in Gefahr war, dass sie und ihr Bruder keineswegs nur Schwarzhändler waren, und die Sorge um sie gesellte sich zu meiner wachsenden Zuneigung für sie, und ich wollte Isa am liebsten gar nicht mehr aus den Augen lassen, keine Sekunde.

Bei einem unserer nächsten Treffen fragte ich sie, ob es denn Unterlagen darüber gebe, was sie in den letzten Monaten ge- und verkauft habe, doch sie sagte, es sei alles unter der Hand, nur durch mündliche Absprachen gelaufen. »Es ist nicht der Profit«, sagte sie dann, »glaub das ja nicht. Ich gehöre zu denen, die jetzt alle nur noch als Abschaum sehen. Aber ich möchte auch ich selbst bleiben dürfen, verstehst du?« Ich verstand es nicht. Offenbar vermeinte sie in meinem verdatterten Gesichtsausdruck eine leise Kritik an ihrem Lebensmodell erkannt zu haben. Ein Lebensmodell, das es vorsah, sich zu schminken und mit weit aufbauschenden Röcken stundenlang auf dem Fahrrad zu sitzen. Sie war im Fahrradfahren unendlich ausdauernd und konnte dabei die schwersten Lasten ziehen, sie hätte 1936 beim Straßenrennen der olympischen Spiele mitfahren können, wenn sie sich als Mann verkleidet hätte. Ein Lebensmodell, das es vorsah, sich mit einer kindlichen Freude für alles Mögliche zu begeistern, das den uniformierten Herren im höchsten Maße suspekt, wenn nicht zersetzend erschien. Sie sang lauthals mit, auf Englisch, wenn im Radio ein bestimmtes Lied gespielt wurde, ich verstand immer nur »Schugga«. Sie trank gerne französischen Rotwein (»vom Feind, da schmeckt er umso besser«); sie war jemand, der alle unentwegt berühren musste, als könnte man nur so die Gewissheit haben, dass das Gegenüber keine Illusion, kein Hirngespinst sei. Sie tätschelte mich, sie zerzauste mir die Haare, sie kniff mir in die Wange, sie umarmte mich kameradschaftlich, sie gab mir einen Klaps auf den Hintern, und als wir uns etwas länger kannten, küsste sie mich auf die Wangen und irgendwann auf den Mund. Ich ließ das alles geschehen, sie dirigierte meinen Herzschlag nach Belieben. Ich war niemals Herr der Lage, wie man das so nennt, ich war immer der, den sie mitzog, dem sie den Englischen Garten zeigte, mit dem sie Tram fuhr, dem sie Türen öffnete zu Treffen, bei denen nicht nur Peters Augen mir misstrauische Blicke zuwarfen, sondern drei weitere Augenpaare.

Isa war das alles egal, sie war ein Kind der Lüfte, den Mühen des Alltags irgendwie enthoben, sie war immer gut gelaunt, und nur wenn sie ein Glas zu viel getrunken hatte, verfiel sie in eine Art Melancholie, die aber niemals in Fatalismus umschlug.

Sie wohnte mit Peter in dieser winzigen Wohnung, einem Loch - der Bruder studierte mit größtem Widerwillen Jura, erzählte sie mir, die Eltern schickten wöchentlich einen Korb mit Essen und monatlich ein wenig Geld. Sie wussten natürlich nichts von ihren Bemühungen, einen florierenden Handel mit Genusswaren aufzubauen. Oder von ihren Bemühungen, den antifaschistischen Widerstand zu stärken. Was immer es auch war, ich würde schon noch darauf kommen.

Eines Abends lud mich Isa in die Sendlingertor-Lichtspiele ein. Ich behauptete, das sei nichts für mich, ließ mich aber gern überreden. »Ist ja nicht die Oper«, sagte sie, doch das Gebäude mit den großen Filmplakaten und vor allem der feierliche Saal mit den Logenplätzen im Rang machten auf mich einen ähnlich imposanten Eindruck wie das Wilhelminum, das ich mit Paul und seinem Vater besucht hatte. Samtvorhänge in Rot und Gold überdeckten Wände und Brüstungen; ein Gemurmel wogte im Raum. Das Kino war gut gefüllt, 700 Menschen fanden hier Platz. Das war ich nicht gewohnt, ich rutschte auf meinem Sitz nervös hin und her, bis sich der Vorhang für eine Wochenschau öffnete, die immerhin den Saal zum Verstummen brachte, und auch ich versuchte, mich auf die riesige Leinwand zu konzentrieren; auf die Ereignisse aus aller Welt, die mir da von einer euphorischen Stimme präsentiert wurden. Irgendwann, das weiß ich noch, war das Gesicht Hitlers zu sehen, überlebensgroß, so groß, wie ihn selbst der treueste Gefolgsmann nicht in seinem Wohnzimmer hängen hatte. Dieser Mann war unser Führer, und ich hatte nicht den geringsten Zweifel, dass er führen konnte. Ich stellte nichts infrage, war aber wie in der Hitlerjugend auch nicht fasziniert davon. Die große Politik, diese großen Gesten und Worte, das war nichts für mich, es war weit weg und nur wenig davon drang zu mir durch, außer es berührte unser Leben, unsere Arbeit am Hof. Vielleicht fühlten sich Paul und Isa genau wegen dieser (aus heutiger Sicht: beschämenden) Arglosigkeit bei mir wohl, mit mir konnten sie unpolitisch sein, sie konnten sich so geben, wie sie wollten, mussten nicht auf jedes Wort achten.

Der Hauptfilm nahm mich dann sofort gefangen. Einige Szenen des Streifens haben sich unlöschbar in meinem Gedächtnis eingenistet. Die Wucht der Bilder, die Größe der Leinwand, die Lautstärke der Musik, das alles drückte mich fest gegen den Sitz. Isa bemerkte wohl meine Anspannung und ergriff meine feuchte Hand, doch auch sie wirkte angespannt. Einmal drückte sie so fest zu, dass ich mich aus ihrem Handgriff lösen musste.

Der Film handelte von Tschaikowski, zunächst verkannt, später ein gefeierter Künstler. Der finanzielle Anschub für diese großartige Karriere kam von seiner Jugendliebe, Katja, die, um der Armut zu entfliehen, einen schwerreichen Langeweiler geheiratet hatte. Sie trafen sich auf einem Maskenball wieder, die Liebe brandete von Neuem auf, doch Katja blieb bei ihrem Mann. Und als sie ihm am Ende des Films doch weggelaufen war, raffte Tschaikowski die Cholera hin, ein letzter Kuss, das Happy End fiel aus. Die Zuschauer blieben in einer brutalen Trostlosigkeit zurück.

Neben mir saß eine junge Frau, die sich immer wieder zu glucksenden Kommentaren hinreißen ließ. »Das ist Zarah Leander«, raunte sie. »Mei, sind die nicht alle wunderschön?«

Und das waren sie auch. Es wurde auf Bällen getanzt, in

unfassbar strahlenden Kleidern. Es wurde gesungen, und es wurde geküsst. Es wurde geweint und sich aus Eifersucht beinahe duelliert. Unvergesslich: der gehörnte Ehemann mit seinen stets halb geschlossenen Augen, als wären ihm die Lider zugewachsen. Tschaikowski, der in seiner Hochzeitsnacht keineswegs die Ehe vollzog, sondern lieber hinaus in den Schnee ging, um melancholisch zu flanieren und an seine Jugendliebe zu denken (die Ehe mit einer Tänzerin war ohnehin nur ein Kompromiss, um einige Liebesverstrickungen aufzulösen).

Und als dieser Tschaikowski in einer Szene am Klavier saß und wie besessen spielte, stellte ich mir vor, es sei Paul, einige Jahre älter, ein weltweit gefeierter Künstler. Oder besser: Ich kann heute nicht sicher sein, dass ich in diesem Augenblick tatsächlich Paul am Klavier sitzen sah, aber in den Jahren danach, wenn ich an diesen Film dachte, sah ich immer nur Paul spielen. Ich sah in jeder Szene Paul. Hatte er nicht all das, was dieser Tschaikowski auch hatte? Diese Unbedingtheit im Denken und im Handeln. Den Hang zur Kompromisslosigkeit; unfähig zu taktieren, selbst wenn die Konsequenzen fatal waren.

Isa und ich weinten am Ende des Films, als Tschaikowski nach seinem letzten großen Auftritt zusammenbrach. Dass ich das überhaupt konnte: weinen, nur weil man einen Film sah, einen Zaubertrick auf großer Leinwand, das war für mich eine überwältigende Erfahrung.

Es war eine rauschende Ballnacht, so hieß der Film, und als ich zwei Jahre später als Soldat nach Russland marschierte, dachte ich keineswegs, ich würde in ein Land von Untermenschen kommen, wie man mir eingebläut hatte, sondern ich hegte die stille Hoffnung, dass das *echte* Russland dem Russland aus dem Film gleichen würde. Wunderschöne Menschen, die tieftraurige Lieder sangen und im Grunde nichts anderes machten, als zu singen und zu tanzen und zu lieben und zu weinen. Menschen, die nicht in einem Krieg starben, sondern ihr Leben im Cholerafieber aushauchten, aber erst nachdem sie noch einmal etwas wirklich Großes vollbracht hatten. Das war mein Russlandbild, und dass beide Russlandbilder, das offizielle und das persönliche, gänzlich falsch waren, merkte ich sehr schnell. Merkte wahrscheinlich jeder Soldat.

Isas Russlandbild war noch einmal ein anderes. Als wir in die Abendluft hinausgingen, fühlte ich mich durch die Mangel gedreht. Ich hatte geweint wegen etwas Unechtem, nicht wegen des Vaters Zorn, nicht wegen irgendeiner Ungerechtigkeit. Wegen eines Films.

Wir standen noch eine Weile auf dem Sendlingertorplatz, unfähig, gleich wieder in die sogenannte Wirklichkeit zurückzukehren. Starrten durch die Schaufenster von Madleners Wollwaren. »So also stellen sie das Land der Oktoberrevolution dar. Unfassbar!«, sagte Isabella ungewöhnlich leise. Ich wandte mich zu ihr und erkannte, dass sie keineswegs ob des traurigen Endes bewegt, sondern dass sie zornig war. Hatte sie im Kino aus Verärgerung geweint? Wie konnte das sein? »Wenn du nicht gewesen wärst, hätte ich den Saal verlassen«, behauptete sie. Ich fragte nach dem Grund, da drückte sie mir einen Kuss auf die Wange: der liebenswerteste Trick, ein Gespräch zu beenden. Ich ließ nicht locker, da sagte sie mir, dass sie mit denen kämpfe, vor denen in der Wochenschau, im Schulunterricht und in den nationalsozialistischen Aufklärungsschriften und Schulungsbriefen und was es nicht alles gab immer gewarnt wurde. »Aber ich möchte auch ich selbst bleiben dürfen, verstehst du das jetzt?« Ich verstand es besser.

Ich war froh, dass ich die Heimfahrt allein antreten konnte, ich musste das alles erst einmal für mich sortieren. Andererseits wurde es immer schmerzhafter, Isabella irgendwo zurückzulassen. Ich radelte durch eine sternenklare Nacht, auf Wegen, die mir immer vertrauter wurden. Als ich das Rad am Hof abstellte, kam mir die Umgebung unwirklich vor. Als wären das Holzhaus und die Stallungen und der Bulldog nicht echt, und der Film das wahre Leben. Ich tappte, so gut das bei meiner Statur ging, auf Zehenspitzen in die Kammer. Die Gefahr, dass der Vater aufwachen und mich zur Rede stellen würde, war gering. Seit er trank, war entweder sein Schlaf tiefer geworden, oder er war so mit sich selbst beschäftigt, dass er sich einfach nicht mehr darum scherte, was ich machte. Er wusste auch, dass er einer Auseinandersetzung mit mir körperlich nicht mehr gewachsen war. Trotzdem war ich immer achtsam, wenn ich zum Hof zurückkehrte. »Schlafende Hunde weckt man nicht«, sagte Isa immer dann, wenn ich einmal daran dachte, sie mit an den Hof zu nehmen.

Der Kriegsausbruch im September schien Isabella und Peter nicht zu überraschen; sie hatten sich, wenn ich Isabellas Ausführungen richtig verstanden hatte, monatelang darauf vorbereitet. »Jetzt geht's ans Eingemachte«, sagte Peter und klebte am Volksempfänger, beachtete mich wie immer kaum bis gar nicht, wenn ich mit ihm in einem Raum war. Statt »Schugga« drangen nun immer die neuesten Informationen über die Besetzung Polens aus den Lautsprechern. Peter registrierte das militärische Treiben mit großer Ablehnung und Sorge, auch wenn er nie offen darüber sprach. Dass sie sich nun freuten, dass der Rubel des Schwarzhandels endlich rollen würde, das war weder ihm noch Isa anzumerken, im Gegenteil, sie hatten es ohnehin aufgegeben, mir etwas vorzuspielen. Am besten gar nichts mehr sagen, so schienen sie es verabredet zu haben, und ich fühlte mich ausgegrenzt, nachdem sie mir die Tür einen Spalt geöffnet hatten.

Der Vater durfte sich jedenfalls in seiner Klar- und Weitsicht bestätigt fühlen. Hatte er es nicht immer gewusst? »Und jetzt werden sich die Herrschaften umschauen, denn daraus wird nichts werden, Anfangserfolge hin oder her.« Sein Katastrophismus hatte, seit der Vater trank, nur noch zugenommen, und mir war schon mehrfach zu Ohren gekommen, dass er seine Zunge am Stammtisch nicht immer im Zaum halten konnte. Es ist aus heutiger Sicht eigentlich ein Wunder, dass sie ihn nicht schon einmal eingesperrt hatten; viele waren wegen weitaus weniger bei der Gestapo gelandet. Vielleicht gab es das aber noch, eine Dorfgesinnung, die den Vater schützte, selbst wenn wir nur Zugezogene waren. Vielleicht dachten einige der Bauern ähnlich wie der Vater, und sie waren nur geschickter darin, es zu verbergen.

Isabella jedenfalls wirkte verändert, fahriger, leiser, ihre Geschichten sprudelten nicht mehr so ohne Weiteres aus ihr heraus, ihr betörendes Lachen war beinahe verschwunden. An einem Abend in der Mühle, wir tranken viel und es war noch so herbstmild, dass wir bis in die frühen Morgenstunden dort blieben, entfuhr ihr ein Satz, der mir in seiner Stimmlage wie ihr bedrohliches »So« in Erinnerung geblieben ist. »Ich habe Angst um ihn«, sagte sie fest, die Lippen und Zähne vom französischen Wein gerötet. Ich musste nicht fragen, wen sie meinte, ich musste Isa bis Kriegsbeginn eigentlich selten Fragen stellen, denn sie antwortete von selbst, es reichte ein irritierter Blick. Dachte ich.

Und ich weiß nicht, wie ich es anders ausdrücken soll,

aber in dieser Nacht suchte Isa bei mir Zuflucht. Es war für mich ein neues Gefühl, dass ein anderer Mensch meinen wuchtigen Leib nicht als bedrohlich empfand, sondern ihn berührte, betastete, umklammerte, um von ihm beschützt zu werden. Der Alkohol bestärkte ihre Sorgen, merkte ich, schon am nächsten Tag würde dieser Augenblick der Nähe nicht zu wiederholen sein. Aber während dieses Augenblicks war es mir in meiner Trunkenheit fast, als würde sie in mich hineinkriechen, als würde sie sich in mir auflösen, sodass niemand sie mehr fände. Das sicherste Versteck der Welt: August Unterseher. Auch ich fing an, sie zu berühren, ertastete jede Faser ihrer Nacktheit, den Flaum unter den Achseln, den Flaum zwischen den Schenkeln, und sosehr ich dieses Fühlen und dieses Gefühl genoss, so sehr fing es an, mich zu ängstigen. Ich hatte mit einem Mal Paul vor Augen, sein Gesicht, seinen nackten Körper, und auf seiner Haut fanden sich Spuren der Folter, und ich hörte seine Stimme rufen: »August!«, rief er, »lass mich nicht allein!« - und diese Stimme wurde lauter, immer lauter bis sie alles andere übertönte, vor allem Isabellas Wohllaute, in denen sich doch gerade all ihre Sorgen auflösten. So kam es, dass mein Körper die Spannung verlor, dass er zusammensackte und Isa zurückstieß, sie vertrieb, und als Isa das bemerkte, ließ sie von mir ab, umklammerte ihre Knie, schwieg eine Weile, um mich daraufhin gütig anzusehen. »Ist schon gut«, sagte sie. »Ich verstehe das gut.«

Wenige Tage später geschah die nächste Unwirklichkeit. Ich arbeitete an den Stallungen und versuchte, sie winterfest zu machen, da tauchte plötzlich eine zierliche Gestalt an der Hofeinfahrt auf. Es war Isa, mit dem dunkelblauen Kleid und der für die Witterung viel zu dünnen Strickjacke, sie war genauso gekleidet wie bei unserer ersten Begegnung. Nur die Haare waren wieder länger geworden, und als ich ihr Gesicht sah, da wusste ich, dass es eine andere Isa war als die, die ich vor einem halben Jahr kennengelernt hatte. Der Vater war näher am Tor und fing sie ab, ich kletterte vom Dach und stürzte auf die beiden zu.

»Was willst du?«, fragte der Vater unwirsch.

»Ihren Sohn sprechen«, antwortete Isa leise, aber bestimmt.

»Und was willst du von ihm?«

»Vater, ich kann für mich selbst sprechen.«

Der Vater tat so, als hätte er mich nicht gehört. Isa musste ihren Kopf nach oben strecken, um ihm in die Augen sehen zu können. Dann nickte sie, drehte sich um und ging langsam zum Tor zurück.

»Du du du hältst mich nicht mehr auf«, stotterte ich dem Vater entgegen und lief ihr hinterher, zog dabei reflexartig die Schultern hoch in Erwartung des Unheils, das sich hinter meinem Rücken zusammenbrauen würde. Eine Eisenstange, die mir auf den Kopf geschlagen, oder ein Schlachtermesser, das mir den Rücken aufschlitzen würde. Aber nichts dergleichen geschah, und ich drehte mich nicht noch einmal um.

Unter blätterrieselnden Bäumen fanden wir für den Moment einen geschützten Ort, Isa war völlig außer sich.

»Sie haben ihn!«, stammelte sie. Wo war nur ihre Stimme geblieben, mit der sie alle bezaubern konnte. Rauschende Zweige über den Köpfen, ich sagte nichts. »Peter, begreifst du, verhaftet haben sie ihn. Die Mühle ...« Sie rang um Fassung. Ein gelbes Blatt landete auf ihrem Haar. »Sie ist nicht sicher, wir müssen uns beeilen, sie ...« Sie ergriff meine Hände, wie sie es schon so oft getan hatte, nur unter anderen Vorzeichen. »Du musst mich beschützen, August, du musst mir helfen. Wir treffen uns heute Nacht dort, ja? Und jetzt kein Wort mehr.« Sie gab mir einen Kuss, der das Blatt von ihrem Haupt schüttelte. Sie war wieder verschwunden, und ich zweifelte für einen Augenblick daran, dass sie wirklich da gewesen war. Stand orientierungslos unter diesen albernen Bäumen und glotzte in den Herbsthimmel, in das fahle Nachmittagslicht, bis ich mir einen Ruck gab und mich wieder in Bewegung setzte.

Ich kehrte zum Hof zurück, stieg auf die Leiter und setzte die Arbeit fort, als wäre nichts gewesen. Der Vater kam hinzu und fragte, ob ich jetzt unter die Turteltäubchen gegangen sei, dabei lachte er und trollte sich dann. Ich wunderte mich noch, wie wenig Aufheben er um die Sache machte.

Nach der Brotzeit blieb er am Tisch hocken und studierte, bewaffnet mit der Lesebrille, aufmerksam die Zeitung; ich verabschiedete mich und suchte in meiner Kammer das Nötigste zusammen. Das kostete mich viel zu viel Zeit, denn ich konnte mich nicht entscheiden; wusste nicht, wie lange ich weggehen, ob ich überhaupt zurückkehren und was ich aus der Mühle mitnehmen würde. Als ich ein schmales Bündel gepackt hatte – zwei Notizbücher, einen zweiten Pullover, eine Fotografie der Mutter – lauschte ich an der Tür, ob ich den Vater noch hörte. In meiner Aufregung und Betriebsamkeit hatte ich nicht mehr auf ihn geachtet, ob er schon ins Bett gepoltert war, ich konnte mich an kein Geräusch erinnern. Vielleicht war er auch, was in letzter Zeit häufiger geschah, am Tisch eingeschlafen, nach der vierten, fünften, sechsten Flasche Bier. Ich warf einen Blick zurück in die fensterlose Kammer, nur durch das Flackern eines Wachsstumpens erhellt, und verspürte nicht den Hauch von Wehmut. Diesmal würde mich niemand daran hindern zu gehen, nein, diesmal würde *ich selbst* mich nicht daran hindern. Ich würde Isabella nicht verraten. Es würde mir nicht noch einmal passieren, dass ich jemanden in der Dunkelheit stehenließ.

Da hörte ich ein laut knarrendes Geräusch vor der Tür, das mich erstarren ließ, ich fühlte mich wie ertappt. Und noch bevor ich mich entsinnen konnte, was es sei, hörte ich die trunkene Stimme des Vaters grölen: »Du bleibst hier, Junge! Du gehst nicht weg!« Ich versuchte, die Tür zu öffnen, doch irgendwie hatte er sie verriegelt, etwas davorgeschoben. Ich schlug mit den Fäusten gegen das Holz, mit ganzer Kraft, und mit jedem Schlag spürte ich, wie mein Zorn und mit ihm meine Kräfte wuchsen. Es war eine massive Tür aus Eichenholz, und ich traktierte sie mit Händen und Füßen, warf mich mit voller Wucht dagegen. Schrie aus voller Kehle, wie ich noch nie geschrien hatte, spürte keinen Schmerz, ignorierte das Taubheitsgefühl in der ohnehin lädierten Schulter. Schlug und schlug und schlug, bis das Holz knackte und splitterte. Und was sich dahinter verbarg, war anscheinend noch eine Lage Holz, der Vater hatte einen Schrank vor die Tür geschoben, einen schweren Bauernschrank, und ich trat gegen die Bretter, warf mich immer wieder gegen das Holz, bis auch der Schrank knackte, bis das Holz nachgab. Der Vater schien sich mit seinem Gewicht zusätzlich gegen den Schrank zu stemmen, und ich wusste nicht, was ich mehr hasste, den fetten Vaterleib oder die bärtige Vaterfratze, die Ausdruck war von so viel Niedertracht und Kleingeist. Doch ich war mir nicht mehr sicher, ob der Hass ausreichte, diese letzte Auseinandersetzung mit ihm zu gewinnen. Merkte, wie ich schlagartig ermüdete, hörte das Keuchen des Vaters, der immer nur sagte, ich solle aufhören, ich werde es ja doch nicht schaffen, und das sei besser so, auch wenn ich das nicht verstehen könne. Ich schlug in blinder Verzweiflung gegen das Holz, schlug und trat, bis ich, als ich längst nicht mehr daran glaubte, den Durchbruch schaffte und in den Flur stolperte. Der Vater stürzte zu Boden, rollte zur Seite und hielt schützend die Hände vor das Gesicht. Ich widerstand, Gott weiß warum, der Versuchung, ihn sofort umzubringen, und humpelte los.

Jetzt erst kam der Schmerz, der Schmerz der gebrochenen Zehen, der geschwollenen Hände, der lädierten Schulter. Ich lief weiter, immer weiter in die Nacht, ich kam zu dem Baum, an dem ich meine lächerlichen Vogelbeobachtungen durchgeführt und dabei immer die Mühle im Blick gehabt hatte - vor der sich jetzt dunkle Gestalten tummelten. Sie räumten Kisten heraus, einige trugen Fackeln. Ich kam näher, Waffen wurden auf mich gerichtet.

»August, bist du das?«, rief eine Stimme, es war unverkennbar Max, der ehemalige HJ-Führer, der jetzt bei der SS Karriere machte oder bei der Gestapo oder bei sonst wem. In seiner Gefolgschaft hatte er schwarze Schergen, die sich an Isabellas Waren zu schaffen machten. Er hieß sie, die Waffen zu senken. Einige hatten bereits Weinflaschen geöffnet, der eine probierte gerade ein frisches Paar Stiefel an, sie schienen ihm zu passen, was er mit einem grunzenden Laut quittierte.

»Was machst du hier, Unterseher?«, fragte Max. »Du hast hier nichts verloren.«

»Vögel beobachten«, sagte ich, und lautes Gelächter war die Folge.

»Schau mal, was wir hier gefunden haben. Das Lager einer Bolschewikenzelle. Haben gestern in Minga einen geschnappt, so einen roten Deppen, haben ihn ordentlich getrietzt, und er hat gleich alles ausgeplaudert. Der hat nicht viel vertragen, sag ich dir. Mami hat er geschrien, Mami Mami Mami. Stell dir vor, die hatten die Sachen von hier bis nach Spanien geschickt. Interessant, dass dir das nie aufgefallen ist, wenn du doch so oft hier bist?«

»Ist mir nie aufgefallen, nein.«

»Aber du würdest es wahrscheinlich nicht mal merken, wenn von hier aus eine Mondrakete starten würde.« Wieder lachten alle.

Ich sagte Servus und kehrte ihnen den Rücken zu. Sich wiederholende Ereignisse. Diesmal ließ ich die Schultern fallen, auch wenn ich darauf gefasst war, dass sie mich gleich hinterrücks erschießen würden. Aber sie ließen mich gehen. Ziellos lief ich durch den Wald, der Mond schien, ich setzte mich auf einen Baumstumpf. Tränen liefen, Rotz troff aus der Nase, ich war taub am ganzen Leib. Wenn es nicht eine milde Herbstnacht gewesen wäre, ich wäre vielleicht erfroren, doch das war mir ganz gleich. War gedankenleer bis auf ein Bild: der Pagenkopf Isabellas, ihr Lachen, das sie ihr ausgetrieben hatten oder noch austreiben würden, wenn sie sie schnappten. Ich hatte erneut versagt.

Irgendwann in den Morgenstunden stand ich auf, gelangte irgendwie zum Hof zurück. Zog mir etwas anderes an und nahm die Arbeit wieder auf. Konnte den linken Arm kaum heben, aber das registrierte ich nur am Rande; der Arm war mir fremd wie alles an mir.

Der Vater erwachte spät aus seinem Suff – mit einem Pflaster an der Wange begrüßte er mich in den Stallungen. »Ist besser so«, brummte er, »wirklich.« Fasste mich an beiden Oberarmen. »Möchte dich nicht auch noch verlieren, Guscht.« Und nach einer Pause: »Verdammt, heut wird's wieder ein verdammter Regentag werden. Heuer is a Scheißjahr.«

Ich kehrte am nächsten Tag zur Mühle zurück, ich fand jedoch nur die leer geräumte Ruine vor, Isabellas und Peters Schätze waren längst weggeschleppt. Wo Isa war, wusste ich nicht - ich hörte und las nichts davon, dass sie auch eine Frau festgenommen hatten. Ich hoffte, als ich durch die Wälder strich, sie würde hinter einem Busch hervorkommen, mich an der Hand nehmen und fortbringen aus diesem Wald, aus diesem Leben, das aus einer einzigen Folge von Schmähungen und Misserfolgen zu bestehen schien. Doch sie kam nicht, und als der Winter hereinbrach, gab ich die Hoffnung auf. Ich habe nie wieder von ihr gehört; ich bin mir nicht einmal sicher, ob *Isabella* ihr richtiger Name und Peter wirklich ihr Bruder war. Später las ich davon, dass es während des Krieges etliche kommunistische Widerstandsgruppen in Deutschland gegeben hatte, selten mehr als drei bis fünf Leute. Isa und Peter waren eine davon, doch es gelang mir nicht, mehr über sie herauszufinden, nicht die geringste Spur von Isa konnte ich entdecken. Max hatte gründlich gearbeitet.

Die nächsten Monate verlebte ich in völliger Antriebslosigkeit, ich habe kaum eine Erinnerung mehr an diese trüben, toten Tage. Ich ließ die Dinge wieder den Vater regeln - das Geschehen am Hof war mir völlig gleichgültig -, und das führte dazu, dass er wieder aufblühte. Was genau der Vater gewusst hatte, über Isa und mich, über unsere Abende in der Mühle, ob er mir nachspioniert hatte: Ich weiß es bis heute nicht, denn es war mir, in jenen und in späteren Tagen, egal. Ich glaube nicht, dass er etwas damit zu tun hatte, dass Max in dieser Nacht die Mühle abbrannte - zwischen Max und ihm gab es außer gegenseitiger Vorbehalte sicher keine Beziehung. Max hätte ihn nie in ein solches Vorhaben eingeweiht, warum auch. Später kam mir aber der Gedanke, dass Max und die SS den Vater vielleicht verhört hatten, wissen wollten, ob ich in dieser Sache mit drinsteckte, und er mich durch das Verbarrikadieren der Tür hatte beschützen wollen. Je länger ich über diese Sache nachdenke, desto unsicherer werde ich, es gibt keine einfachen Wahrheiten und Wirklichkeiten. Wie leicht wäre es, wenn du einfach nur lieben oder hassen könntest, und dazwischen gäbe es nicht mehr viel. So leicht jedoch hat es mir nicht einmal der Vater gemacht.

Er hatte mich, als ich dreizehn war, beinahe zu Tode geprügelt und damit auf die Welt gebracht. In jener Nacht im Oktober 1939 war ich der Welt wieder abhandengekommen. Als ich dann 1941 in den Krieg durfte und auch er das nicht verhindern konnte, war das wie ein Versprechen, dass dieser ganze Schlamassel bald vorbei sein würde.

Die zweite Begegnung
1941

Der erste Traum vom Krieg

Meine Geschichte war an dieser Stelle zu Ende, ich kam nicht mehr weiter. Saß vor dem eichenholzfurnierten Schreibtisch, Blick in den Garten, sah die Meisen und die Amseln und die Elstern und wünschte mich in mein Büro zurück. Anna würde enttäuscht von mir sein, einmal mehr, aber ich konnte es nicht.

Nach dem Krieg hatte ich mich geweigert zu erzählen, das berühmte Schweigen der Soldaten. Ich berief mich darauf und tröstete mich damit, dass es gute Gründe gegen das Erzählen gibt. Das, was wir an der Ostfront erlebt und getan haben, ist nicht erzählbar. Hat es nicht alle Kontinuität zerbrochen? Alle Begriffe dafür oder dagegen sind fragwürdig. Es ist schäbig, aus seiner Erfahrung eine Abenteuergeschichte zu machen, die ja doch unterstellt, dass es eine Entwicklung gab zu irgendeinem Ziel hin. Außerdem ist es nicht möglich, durch das Erzählen Sühne zu leisten, so verlockend das wäre: sich entschuldigen, sich reinwaschen, die Geister beruhigen. Aber nicht für *das*, August, nicht für das! Und wer oder was gibt dir überhaupt das Recht, andere damit zu konfrontieren?

All diese Argumente kamen wieder, als ich es nun doch versuchte, über den Krieg zu schreiben. Ich ließ es sein, sagte Anna nichts davon und richtete mich wieder in meiner Kapsel des Schweigens ein, in der ich mit meinen Erinnerungsbildern und mit meinen Schuldgefühlen allein war. In dieser Kapsel hatte ich es über die Jahre geschafft, mich ein jedes Mal zu widersetzen, wenn ich von Monika, meiner Frau, und später von Anna dazu aufgefordert wurde, etwas zu erzählen. Ich hatte mich, und ich hatte ja noch Andrei, seine Briefe, die Treffen, wenn auch selten. (Von ihm wird noch die Rede sein.) Ist doch besser so, dachte ich, das geht Frau und Kind ja nichts an, und so merkte ich nicht, wie schlimm es für beide war, nicht in die Kapsel schauen zu können, diesen Teil meiner Persönlichkeit gar nicht zu kennen. Ich stürzte mich in die Arbeit, legte als Buchhalter in einer Münchner Firma eine passable Karriere hin, und wenn ich nach Hause kam, schlüpfte ich in die Kapsel, war verschlossen, fahrig, bekam nicht viel mit, beschäftigte mich mit mathematischen Rätseln, die mir Andrei regelmäßig schickte. Schulfeste zogen vorbei, und ich wusste nicht einmal genau, wofür Anna auf der Bühne gerade eine Urkunde verliehen bekam, meine Frau suchte sich ihre eigenen Wege, zog irgendwann aus, und ich verstand noch immer nicht, dass mein Leiden und meine Weigerung, es zu teilen, längst nur noch selbstgefällig waren. Dass ich die Verantwortung einfach weitergegeben hatte, vor allem an meine Tochter, obwohl ich sie doch gerade davor bewahren wollte.

Anna fing an, in Frankfurt Psychologie zu studieren, und als ich in den Ruhestand ging, besuchte ich sie öfter, wir hatten gute Gespräche, und sie ermutigte mich mehrfach, meine Geschichte endlich aufzuschreiben. Ich weigerte mich zunächst, war eine klapprige Verdrängungsmaschine, aber bei einem Telefonat sagte sie einen Satz, der etwas in mir in Bewegung brachte: »Damit ich dich endlich kennenlernen kann, bevor es zu spät ist.« Konnte es denn sein, dass sie mich überhaupt nicht kannte? Hatte ich denn meinen Vater gekannt? War ich dabei, und das nun schon jahrzehntelang, väterliche Verhaltensweisen zu wiederholen, die ich verabscheut hatte? Unberührbar zu sein, eine unüberwindbare Kluft zuzulassen. Das erschreckte mich, aber wenn ich ehrlich war, hatte ich es schon oft bemerkt und nie etwas getan – die Bequemlichkeit der Kapsel.

Ich versuchte es, kaufte eine Schreibmaschine, setzte mich an den Tisch, und mit der Zeit vor dem Krieg kam ich ganz gut zurande. Manchmal hatte ich sogar das Gefühl, ich sei der Vergangenheit so nahe, dass ich alles sehen und hören, dass ich Paul und Isa und Konrad die Hand reichen konnte, und beinahe, beinahe würden sie mich berühren. Doch als ich über den Krieg schreiben wollte und es nicht konnte, zog ich mich wieder zurück, ging nicht ans Telefon, verfiel in das alte Muster. Bis mich Anna besuchte und wir eine Lösung fanden.

Sie arbeitete in Frankfurt bei einem Psychologen namens Tholey. Er war ein Pionier der Klartraumforschung. Anna erzählte mir mit großem Enthusiasmus von dieser Technik, die es jedem ermöglichen sollte, seine Träume gezielt beeinflussen zu können. Man weiß im Traum, dass man träumt, und plötzlich ist alles möglich. Du kannst fliegen, du kannst reisen, du kannst dich selbst erforschen. Tholey trainierte somit Bewegungsabläufe, dadurch konnte er Skateboard und Einrad fahren wie ein Leistungssportler. »Komplizierte und gefährliche Kunststücke, die übt man am besten im Traum.« Anna interessierte daran vor allem die Möglichkeit, sich bewusst mit seinen Ängsten auseinanderzusetzen. »Was wäre, wenn du im Traum bewusst in deine Vergangenheit reist? Vielleicht ist das der Schlüssel, um darüber schreiben zu können?« Sie kopierte mir eine Seite, eine von Tholey entwickelte Anleitung zum Klarträumen, und ich klebte sie zu Hause neben dem Badezimmerspiegel an die Fliesen. Warum nicht, sagte ich mir. Annas therapeutischen

Ansatz verstand ich falsch, denn ich sah in ihm nur das Versprechen, dass die Albträume aufhörten. Und ich hatte als Rentner Zeit, viel Zeit. Ich fing an, ein Traumtagebuch zu führen, und stellte mir mehrmals am Tag die sogenannte *kritische Frage*, ob ich gerade wach war oder träumte (so viele Situationen sind auch am Tag traumhaft, lernte ich). Vor dem Einschlafen bereitete ich mich auf den ersten Klartraum vor, indem ich mir immerzu einredete, dass es möglich sei, im Traum volle Bewusstheit zu erlangen. Ich machte mich mit diesen Techniken vertraut, ohne Anna noch einmal zu kontaktieren, und spornte mich mit der Aussicht an: Sobald sich ein Albtraum ankündigte, würde ich jederzeit in der Lage sein, ihn bewusst aufzulösen; ich könnte einfach wegfliegen, mich in ein anderes Land wünschen, ich würde nie mehr einen Traum vom Krieg durchleben müssen.

Der erste Klartraum war eine überwältigende Erfahrung. Wie sich herausstellte, hatte ich tatsächlich ein Talent dazu, meine Träume bewusst zu steuern. Und so gelang es mir, sobald sich vor meinen geschlossenen Augen ein Kriegsszenario andeutete, dieses sofort zu fliehen. Ich lief den Dämonen davon, doch sie verschwanden nicht dauerhaft, sie klopften unverdrossen und noch lauter an die Türen meiner Erinnerung, und ich merkte, wie ich in eine neue fruchtlose und kräftezehrende Auseinandersetzung mit mir selbst geriet. Jede kleine Flucht wertete ich anfangs als Triumph und begriff nicht, wie sehr ich genau das Verhaltensmuster wiederholte, dem ich eigentlich entkommen wollte.

Als ich Anna schließlich von meinen Erfahrungen erzählte, war sie erbost über meinen Alleingang. »Spinnst du? Wie gefährlich, das ganz allein zu versuchen! Du brauchst professionelle Begleitung, und ich darf das nicht sein, weil ich deine Tochter bin.« Zugleich aber war sie froh, dass ich diese Technik tatsächlich erlernt hatte. »Das luzide Träumen ist keine Waffe, Papa, um dieses und jenes zu erreichen, sondern eine wunderbare Chance, mit den tieferen Bewohnern des Bewusstseins ins Gespräch zu kommen.« Ob ich denn nicht einmal versucht hätte, statt die Traumbewohner zu fliehen, mit ihnen zu sprechen? Ich saß vor ihr, in ihrer kleinen Wohnung in Frankfurt, ein alter Mann, ein nicht geringes Maß an Lebenserfahrung, dachte ich, und fühlte mich entlarvt als ein Aufschneider, der nur so getan hatte, als hätte er alles im Griff, als hätte er die Kontrolle über irgendetwas. Anna ließ mich auf charmante Weise die ganze Lächerlichkeit meines Unterfangens spüren, als sie sagte: »Du willst den Rachegeistern entkommen? Das hat doch noch nie funktioniert.« Es war so, als hätte man mir mit dem Klarträumen ein wunderbares Werkzeug gegeben, und ich habe es nur dazu benutzt, mir damit auf den Kopf zu hauen.

Ich befolgte ihren Rat und versuchte, den Alb nicht zu fliehen, sondern bewusst wieder zurückzukehren in die Welt, die ich als Soldat durchschritten hatte. Ich versuchte, den Traum nicht zu lenken, sondern alles auf mich zukommen zu lassen; und wenn ich aktiv würde, dann nur fragend, tastend. Genau das war meine Situation 1941 gewesen: Ich hatte nicht den leisesten Schimmer, was mich auf unserem Marsch nach Moskau erwartete. Ich konnte meistens nur befolgen und reagieren, nichts anderes wurde von mir verlangt. Und wenn ich versuchte, die Dinge selbst in die Hand zu nehmen, dann ging das auf grauenhafte Weise schief.

Das Klarträumen verschaffte mir einen großen Vorteil: Ich konnte mit allen Traumfiguren sprechen, ich konnte alle verstehen. Sie konnten mir sagen, was sie mir nie gesagt hatten, weil ich fragte, wonach ich sie nie gefragt hatte. Ich konnte mit russischen Soldaten sprechen, mit den Bauern in den Kolchosen, mit den Partisanen, und das hielt sie nicht davon ab, mich zu hassen und auf mich zu schießen, aber es war doch eine ganz andere Art der Begegnung. In einem Klartraum ist es im Übrigen so, dass alle Sinne aktiv sind. Man spürt, man riecht, man schmeckt, als wäre man wach.

Drei solcher Klarträume hatte ich innerhalb eines Monats. Diese Träume dauerten vielleicht eine halbe Stunde im Schlaf, ich hatte aber nach dem Aufwachen das Gefühl, als hätte ich mehrere Tage lang geträumt. Ich habe dann versucht, diese Träume so genau und unverfälscht wie möglich zu protokollieren, und erst diese Traumprotokolle haben mir einen Weg gewiesen, meine Geschichte weiterzuerzählen. Einen Therapeuten habe ich abgelehnt, aber Anna hat mich dabei begleitet, bevor ich mich in meinen Alleingängen verlor. Und auch Monika habe ich die Protokolle gezeigt. Sie hat mir daraufhin einen kurzen Brief geschrieben, nur zwei, drei Sätze: »Wie schön für dich«, stand darin, »aber es ist zu spät.«

Ich habe keine Möglichkeit gefunden, das, was ich getan, und das, was ich versäumt habe, zu entschuldigen, das möchte ich noch einmal betonen – und was mich als Mann der Zahlen schier verzweifeln lässt, ist die Unschärfe der Erinnerung, und ist vor allem die Unschärfe des Traums. Das Einzige, das ich mit Sicherheit sagen kann: Und ich war da.

(24. März 1988)
Jochen flucht, der Mannschaftswagen springt nicht mehr an. Weiße Atemwolken strömen aus seinem Mund und fallen als Kristall zu Boden. »Scheißdreck. Erst kommen wir nicht voran, weil wir im Schlamm stecken bleiben. Und jetzt können wir wieder fahren, aber die verdammten Motoren laufen nicht mehr. Uns frieren hier die Knie fest.« Ich laufe weiter und spüre, wie mir die Kälte in die Stiefel kriecht. Blicke auf meine Hände und sehe sie nur verschwommen, scheine keine Handschuhe zu tragen. Wir stecken in einer unter dem Frost erstarrten Kleinstadt fest, haben hier unser Lager aufgeschlagen; ich frage einen Kameraden, mir unbekannt, wo genau wir uns befinden. »Da vorne ist Moskau«, blafft er mich an. »So nah, dass du fast rüberspucken kannst. Aber auch nur fast.« Er trägt einen merkwürdigen Nerzmantel über der Uniform, könnte ein Damenmantel sein. Überhaupt sehen die Männer wenig soldatisch aus, alle tragen unterschiedliche Mäntel, Jacken und Mützen. Wie eine fahrende Zirkustruppe, aber ich weiß sehr gut, dass dem nicht so ist. An Bäumen pendeln gehängte Frauen und Männer im Wind, manche schon zu Eiskörpern gefroren, ich sehe den üblichen Aushang für die Bevölkerung, »dies dient zur Warnung«, aber die Buchstaben tanzen vor meinen Augen, ich kann sie nicht entziffern. Neben mir ein zugefrorener See, darauf steht ein zur Eissäule erstarrter nackter alter Mann, ein Musikinstrument in der Hand. Wunderlicher Al-

ter, der spielt nicht mehr, doch ich habe seine Lieder in den Ohren. Keiner mag ihn hören, keiner sieht ihn an, und die Hunde knurren um den alten Mann. Irgendwo in der Ferne das Geknatter von Maschinengewehren, Brandgeruch hängt in der Luft, zerstörtes Kriegsgerät liegt überall verteilt. Ich lasse mich treiben und betrete eine Baracke - Soldaten sitzen auf dem Boden, in Decken gehüllt, der eine hat Erfrierungen an den Füßen, der andere kratzt sich am Kopf, die Gesichter sind grau und eingefallen. Es riecht nach den Ausdünstungen ungewaschener und hungriger Männer, einer von ihnen hat anscheinend hohes Fieber und leidet an Schüttelfrost, oder er ist auf Entzug, der andere beißt in ein schwarzes Kommisbrot und reicht mir ein Stück. Ich beiße hinein und habe das Gefühl, ein echtes Brot zu essen, saftig, würzig, dabei erinnere ich mich, dass wir diese Brote nicht ausstehen konnten. Als ich den Verlausten sehe, fängt es auch mich an zu jucken, und ich kratze mich, klopfe auf den Tisch und sage Servus statt Heil Hitler.

Wieder draußen sehe ich einen ausgebrannten T34, ein toter Schimmel liegt am Straßenrand, zu schwarzen Gerippen ausgebrannte *Isbas*. Verbrannte Erde, geht es mir durch den Kopf, doch scheint die Rote Armee in dieser Stadt nicht mehr genug Zeit gehabt zu haben, um alles dem Erdboden gleichzumachen. Und was sie nicht geschafft haben, werden wir noch zu erledigen wissen, wir verwandeln das hier in eine Wüstenzone, mit deutscher Gründlichkeit, wie alle immer noch sagen - und ohne Zweifel habe ich es selbst gesagt und daran geglaubt.

Ein Blick nach oben: Drei fahle Sonnen über mir, und von ferne höre ich die Lieder des wunderlichen Alten, der spielt, was er kann, barfuß auf dem Eis, bis er zerspringt. Muss weiter, immer weiter, bloß nicht stehen bleiben, bloß nicht zu lange auf eine Sache konzentrieren. In der nächsten Baracke vergehen sich Kameraden an drei russischen Frauen. Ich sehe zerrissene Kleider, eine entblößte Brust, Hände in Abwehrstellung, höre das geile Gelächter der Soldaten. »Unterseher, antreten zum Kuss«, ruft Werner, das einzige bekannte Gesicht in dieser Runde. »Aber bitte feuchtfröhlich.« Ich möchte fliehen, erinnere mich aber an das Vorhaben, mich den Geschehnissen zu stellen und murmle es wie ein Mantra vor mich hin, immer und immer wieder. Jemand hält ihre Arme fest, und ich drücke einer russischen Frau einen Kuss auf die Lippen. Mein Blick streift ihre Augen, und ich sehe das, was ich so oft gesehen habe, hundertfach, tausendfach, der blanke Hass. Zwischen Menschen, die sich nicht hassen müssten. Sie spuckt mich an, und ich sage »Danke«, was ein gellendes Gelächter zur Folge hat. »Der Hinterseher!«, höhnt Werner, er verdreht gerne meinen Namen. »Man hat langsam den Verdacht, er ist ein 175er.« Der Major platzt herein und tadelt uns. Er sagt, wenn auch nur einer von uns die Syphilis bekomme, dann werde er uns alle eigenhändig erschießen. Werner lacht, daraufhin zieht Major Wolfschmidt seine Pistole und schießt den drei Frauen in die Brust, die, bis auf eine, lautlos zusammensacken. Nur die Frau, die ich küsste, vermag uns noch einen Abschiedsgruß ihres Hasses entgegenzubringen. Doch nur ihr Tonfall ist hasserfüllt, ihre Worte sprechen eine ganz andere Sprache: »Ich sehe die Schatten der Zukunft nicht«, sagt sie, und nur ich kann sie verstehen. Eine zweite Kugel durchschlägt ihren Körper. »Schafft das hier weg«, sagt der Major genervt und geht aus dem Raum, ich folge ihm. Nur nicht stehen bleiben, weitergehen, wer weiß wohin.

Draußen hat sich die Szenerie gewandelt. Ich befinde mich auf einer vereisten Landstraße, zusammen mit sechs anderen Soldaten. Ein Kübelwagen kommt auf uns zu, wer hat den bei dieser Kälte zum Laufen gebracht, die Bremsen versagen, und wir springen zur Seite, hören den Jubelschrei des Fahrers, der mit voller Geschwindigkeit gegen einen Baum kracht und über das Lenkrad geschleudert wird. Der Fahrer, wiederum der schmerbäuchige Major Wolfschmidt, liegt im Schnee, ein dickflüssiges Rinnsal färbt die Eiskristalle rot. Ich stecke den Finger in den Schnee und nehme einen kleinen roten Brocken auf und betrachte ihn flüchtig. Das Blut gefriert genauso schnell wie das Benzin.

Der Fahrer rappelt sich wieder hoch und türmt sich vor mir auf. Er ist einer der wenigen, die noch größer sind als ich, das Gesicht zur Hälfte zerschlagen, ich sehe den Kieferknochen über dem faulen Gebiss, den Wangenknochen, den Schädel, doch ich ermahne mich, seinem Anblick standzuhalten. Kenne sein Gesicht und sein Gebiss sehr gut. »Was ist das Ziel von alledem?«, frage ich den Major, und er zeigt mir ein schiefes Grinsen. »*Rasputiza*, kennst du dieses schöne Wort?« Ich schüttle den Kopf. »Es bedeutet, dass wir ohne Wege sind. Der Russe nennt so die Zeit des Schlammes im Frühjahr und im Herbst. Aber ich sage dir was, Unterseher. Wir sind in ein ganzes Rasputiza-Zeitalter eingetreten. Es gibt keine Wege mehr, weder vor noch zurück. Glaub mir, ich kann das verdammt noch mal beurteilen.« Ob wir Moskau also nicht erobern werden, frage ich ihn. »Vergiss doch dieses Scheißmoskau, Unterseher. Ich meine das ganz anders. Rasputiza ...«, eine weiße Flüssigkeit kommt aus seinem Mund, »darüber solltest du einmal nachdenken.« Weitergehen, nur nicht stehen bleiben. Drei Sonnen über mir, und dort drüben spielt der gefrorene Alte mit starren Fingern, was er kann, und ich lasse mich nach hinten fallen, in den Schnee.

Wir durchkämmen dann ein Dorf. Häuser, nicht viel mehr als bessere Bretterverschläge. Der Soldat neben mir flucht und beklagt sich, dass nicht die SS diese Partisanenaktionen durchführt wie sonst. Die seien doch für den ganzen Dreck zuständig, den wir mit diesem Feldzug aufwirbeln. Was das hier noch mit Soldatenehre zu tun habe. Ein anderer Soldat sagt nur: »Schnauze, wenn du nicht vor dem Kriegsgericht landen willst.« Und in mir kehrt eine Erinnerung zurück, sorgfältig unter Verschluss gehalten. Ich habe mich immer freiwillig gemeldet, wenn solche Säuberungsaktionen stattfanden. Auch als die von Partisanenangriffen erlittenen Verluste immer größer wurden. Ich rannte blind ins Verderben, denn meistens ließen ein, zwei Soldaten ihr Leben, und es war, statistisch gesehen, nur eine Frage der Zeit, bis es mich treffen würde. Russisches Roulette, kalauerten wir, doch ich wollte nur das: schnellstmöglich erlöst zu werden. Ohne dass ich dabei an ein Paradies oder so etwas dachte. Es war nichts Religiöses, damit war ich fertig, es sollte einfach aufhören, es sollte schwarz werden. Es sollte vorbei sein.

Wir sichern die Häuser und fackeln sie der Reihe nach ab. Machen uns nicht mehr die Mühe, wie zu Beginn des Krieges, mit Dorfältesten zu sprechen und Frauen und Kinder zu verschonen. Diesmal erwischt es wieder einen anderen, nicht mich, ich bin noch nicht an der Reihe. Aus einem nahe gelegenen Waldstück knattern ein paar Schüsse, ein Glückstreffer zerschlägt dem Nebenmann die Brust. Er krümmt und windet sich im Schnee, ich drücke ihm die Hand auf die Wunde, ohne die Blutung stillen zu können. Er klammert sich an das Medaillon um seinen Hals, das, kurz bevor er stirbt, endlich aufspringt. Ein letztes Mal, Tusch und Fanfare: Dorinas Bild. Marias Bild. Evas Bild.

Ich bücke mich zu dem toten Soldaten, schließe ihm die Augen. Meine Kameraden haben längst Schutz gesucht, und ich stehe schutzlos auf diesem Acker und betrachte die Verlobte oder Frau dieses Soldaten. Ein ernstes Gesicht, dunkles Haar. Den Blick leicht nach oben gerichtet, aber was ist da? Projektile fliegen an mir vorbei, und ich bedauere, für einen Augenblick, dass mir ein solches Medaillon fehlt, immer gefehlt hat und immer fehlen wird. Doch ich darf nicht zu lange verweilen, darf nicht stehen bleiben, es soll noch nicht vorbei sein. Spüre, dass ich einen Karabiner in den Händen halte und entsichere ihn; was sollte ich sonst tun in dieser Situation. Lasse die Erkenntnis zu, dass ich ein guter Schütze bin, dass ich deswegen immer und immer wieder an die vorderste Front geschickt werde. Der Unterseher, der hat eine gute Quote, der ist ein Frontschwein. Lege an, drücke ab. Ziele, drücke ab. Treffer. Lege an, drücke ab. Zittere nicht, zittere nie. Ich ziele, ich treffe. Und als ich fertig bin, als keine Schüsse mehr aus dem nah gelegenen Waldstück kommen, werfe ich das Gewehr in den Schnee und merke, wie die Umgebung um mich herum dunkler wird, immer dunkler, bis ich von Schwärze umhüllt bin. Ich lasse mich erneut nach hinten fallen, in den Schnee oder in die Dunkelheit, und sitze auf einem Fahrrad und wundere mich noch, ob wir im Krieg denn Fahrräder hatten und wenn ja, warum eigentlich.

Der Weg ist vereist, ich muss mich konzentrieren, dass ich nicht stürze. Es ist nicht wieder hell geworden, ich fahre im Dämmerlicht; auf einmal wird es schlagartig wieder ganz dunkel, und ich trete so fest ich kann in die Pedale, selbst auf die Gefahr hin, dass ich stürze. Neben mir wieder der See mit dem erfrorenen Alten und seinen Liedern. Keiner mag ihn hören, keiner sieht ihn an, und trotzdem spielt er, was er kann. Stelle das Rad vor einer flachen *Isba* ab, die Eingangstür befindet sich auf der Rückseite, drinnen bollert ein aus Lehm geformter Ofen, es herrscht eine unerträgliche Hitze, die Soldaten tragen Hemden, manche nur Unterwäsche. Schweißgeruch, beschlagene Fenster, ein schiefer Weihnachtsbaum in der Ecke, ein gewaltiger Suppenkessel, Briefe aus der Heimat sind durchgekommen und liegen auf dem Tisch. Die Stimmung ist ausgelassen. »Frohe Weihnachten, Unterseher!«, ruft der Unteroffizier, heute bester Laune. Ich bekomme einen Teller *Pochljobka* hingestellt, die Suppe ist so dünn, dass ich auf den Boden des Tellers sehen kann. Ich koste, verschiedenste Aromen kitzeln die Zunge, ich schmecke Schwarzkümmel und Gelbwurz, Kardamom und Koriander; als wären wir in Indien und nicht dreißig Kilometer vor Moskau ohne die Aussicht, jemals anzukommen. Jemand packt eine Klampfe aus, und wir spielen »Bewegen und versteinern«. Wir tanzen und stampfen wild durch den Raum, und wenn die Musik aufhört, versteinern wir genau in der Stellung, in der wir uns gerade befinden; der Gitarrenspieler beurteilt, wer zuerst gezuckt hat, und derjenige bekommt dann von den anderen eine Ohrfeige, eine leichte natürlich. In der zweiten Runde verliere ich. Werner schlägt so fest zu, dass ein lautes Schnalzen zu vernehmen ist; meine Wange brennt, aber ich versuche, ruhig zu bleiben. Die anderen Soldaten lachen – »ihr könnt euch nicht einmal an Weihnachten vertragen«, sagt jemand, und ich versuche, mich zu erinnern, warum ich mit Werner nicht kann, darf aber nicht zu lange dabei verweilen. »Jawoll!«, sagt ein anderer Soldat, »es ist doch das Fest der Liebe!« Die Männer grölen »Liebe! Liebe! Liebe!« und stoßen mit Wodka an. Der Feldwebel skandiert: »Nächstes Weihnachten feiern wir judenfrei!« – »Judenfrei! Judenfrei!«, hallt das Echo der Soldaten durch den Raum. – »Und was machen wir mit den Bolschewiken?« – »Die feiern doch gar kein Weihnachten!« Gelächter. – »Der Russe hat bald überhaupt nichts mehr zu feiern, Männer!«, ruft der Feldwebel und bekommt Applaus. Die Gitarre spielt wieder, wir singen Lieder, und ich singe aus voller Kehle mit. »Es steht ein Soldat am Wolgastrand, hält Wache für sein Vaterland, in dunkler Nacht allein und fern, es leuchtet ihm kein Mond, kein Stern ...« Alle schwitzen, es ist ein Weihnachten in der Sauna, im Kiefernhaus, und alle haben das Gefühl, als könnten sie Mütterchen Russland umarmen und mit Väterchen Frost das Tanzbein schwingen. Nach einer Weile sitze ich neben Werner und frage ihn, was er gegen mich hat. Er sieht mich nicht an, spuckt auf den Boden und sagt in seinem sächsischen Dialekt: »So jemanden wie dich können wir hier nicht brauchen. Wenn es hart auf hart kommt, machst du immer einen Alleingang und gefährdest die anderen. Irgendwas an dieser Sache hast du nicht verstanden. Aber es kommt der Tag, August. Wolf gefangen, Herr gehangen, nah der Tag.« Werner steht auf, greift sich die Klampfe und singt: »Ich komme in alle Lande, und richte mir ein großes Fest, mein Blick ist Fieber, feuerfest, und schwarz ist mein Gewande.« Die anderen buhen ihn aus, sie wollen fröhliche Lieder, Werner setzt sich schmollend in eine andere Ecke des Raumes. Die Gitarre geht zum ersten Musikanten zurück, der mit Abstand der versierteste ist. Er singt: »Der Wind des Krieges pfiff durchs Land, verwehte den letzten Rest Verstand. Häuser brannten, Balken krachten, zum Spaße derer, die Geschichte machten. Doch man sollte ihnen zur Vorsicht raten: Denn jeder Feldherr braucht stets Soldaten, ja, stets Soldaten!«

Ich gehe nach draußen, die Kälte trifft mich hart, um

mich herum dampfende Leiber, betrunken werfen sich die Soldaten zu Boden und formen mit ihren Beinen und Armen Engelfiguren in den Schnee. Das Fahrrad ist verschwunden, ich gehe zu Fuß weiter. Nur nicht stehen bleiben, nur weiter, immer weiter. Es soll noch nicht vorbei sein. Solange der Alte spielt, bin ich hier noch nicht fertig.

Gehe durch einen Wald, Äste knacken, spüre die Kälte nicht mehr, bis ich nach Minuten oder Stunden eine Lichtung erreiche. Ein vereister See liegt vor mir, in bläulichen Dunst gehüllt, abgeschnittenes Schilfrohr, ich höre Krähenrufe und einen Kiebitz. Ein Mädchen, dick eingemummt, läuft Schlittschuh auf dem See, ich habe so etwas noch nie gesehen. Sie fährt in einem perfekten Gleichmaß, in völliger Harmonie mit sich und ihrer Umgebung, die eine Hand auf den Rücken gelegt, in leicht nach vorne geneigter Haltung. Sie dreht ihre Runden in einem moderaten, gleichbleibenden Tempo, als wäre sie ein Automatenmensch, den sein Erbauer heute Morgen aufgezogen hat, um einmal zu sehen, wie lange die Maschine gleichmäßig läuft. Ich weiß, dass am Ufer noch ein weiteres Paar Schlittschuhe liegt, und ziehe es an. Taste mich langsam vor, versuche mich an die Technik zu erinnern, die ich in der HJ erlernt habe. Stolpere mehr als dass ich gleite, das Mädchen ignoriert mich und mein munteres Dilettieren, sie fährt einfach weiter, gleitet durch Raum und Zeit, ein winziges Rädchen im kosmischen Getriebe, zuverlässig, sie hat noch niemals den Ablauf der Dinge ins Stocken gebracht. Ich winke ihr, sie fährt weiter. Ich rufe ihr etwas zu. »Sdráwßtwuj!« Sie ignoriert mich. Ich komme langsam in Fahrt, fühle mich aber wie ein Störenfried und gebe meine Versuche auf, das Mädchen auf mich aufmerksam zu machen. Als ich am Seeufer die Schlittschuhe ausziehe, unterbricht sie ihre einsame Bahn, gleitet auf mich zu und hält mit Eisfunken sprühenden Kufen vor mir an. »Komm mit mir!«, fordert sie mich auf, eine Stimme von weit her. Sie trägt einen dunkelroten Mantel, schwarze Locken kringeln sich aus der abgewetzten Männermütze. Sie zieht sich die Schlittschuhe aus und schlüpft in Soldatenstiefel, die ihr viel zu groß sind. »Wie heißt du«, frage ich sie. – »Radmila.« – »Wohin gehen wir?« – »Nach Hause.« Sie reicht mir die Hand, und ich lasse mich durch den Wald führen. Birken ringsum, die drei Wintersonnen haben sich irgendwo verkeilt, oder es ist längst Nacht geworden, ich habe das Gefühl für die Zeit verloren. Von ihrer Hand geht eine große Wärme aus, die meinen gesamten Körper erfasst. Erst jetzt merke ich, dass ich barfuß bin und sie meine Stiefel trägt. Da haben wir die nächste *Isba* erreicht, vom Krieg übersehen, weit und breit keine anderen Häuser, und das Häuschen steht auf Stelzen, vier Füßchen, die sie wohl im Herbst vor dem sumpfigen Schlamm bewahren. Radmila öffnet die Tür, die sich diesmal an der linken Seite des Hauses befindet, und ich wundere mich noch, warum die Türen bei diesen Häusern nie vorne sind, da stehe ich schon auf der Schwelle. Das Mädchen hat meine Hand losgelassen, sie ist schon eingetreten, ich verharre zwischen Drinnen und Draußen. »Beweg dich«, sagt sie zu mir, und ihre Stimme klingt nun viel näher, beinahe scharf. Ein Nesselblatt hängt am Türpfosten, ich betaste es. »Komm jetzt, an dieser Stelle bringst du nur Unheil über dieses Haus.« Ich gehe ein paar Schritte weiter, Radmila hockt im Schneidersitz auf einem Stuhl, über ihr ein Regal mit Ikonen. Es ist warm, aber längst nicht so warm wie in dem Raum mit den zwölf singenden Soldaten. »Wohnst du allein hier?«, frage ich. Sie antwortet nicht. »Warum baut ihr eure Häuser nicht aus Birkenholz, wenn es hier doch so viel davon gibt?« – »Du stellst die falschen Fragen.« Sie trägt jetzt ein einfaches Baumwollhemd, sie hat glänzend schwarze Locken, sie fallen ihr andauernd ins Gesicht, und sie wischt sie weg mit routinierten Handbewegungen. Ihr Alter ist schwer zu schätzen, zwölf vielleicht, vielleicht vierzehn. »Was wäre denn eine richtige Frage?« – »Kennst du das Märchen von Baba Jaga?« Ich verneine, und sie beginnt zu erzählen, aber erst nachdem ich mich auf einen Stuhl gesetzt und einen Tee vor mir habe, der so heiß ist, als wäre er eben erst aufgebrüht worden.

Das Märchen von Baba Jaga, Radmila erzählt es so: Aljonuschka, ein kleines Mädchen, hat sehr unter ihrer Stiefmutter zu leiden. Immer wenn der Vater fort ist, wird sie von ihr schikaniert, zu schwerer Arbeit angetrieben, bestraft für Dinge, die sie nicht zu verantworten hat. Eines Tages soll sie zur Schwester der Stiefmutter in den Wald gehen und sich Nadel und Faden leihen. Aljonuschka gehorcht, doch sie hat eine böse Ahnung, und bevor sie in den Wald geht, fragt sie ihre Großmutter um Rat. Diese warnt sie vor der Schwester der Stiefmutter, sie sei die Hexe Baba Jaga. Sie solle sich vorsehen und zu jedem freundlich sein, dem sie begegnet. Die Großmutter gibt ihr etwas Schinken, Brot, Öl und ein rotes Band mit auf den Weg. Aljonuschka geht in den dunklen Wald und kommt an eine Hütte, sie steht auf Hühnerbeinen. Als sie sich ihr nähert, erwacht die Hütte zum Leben und richtet sich auf, ein Fenster öffnet sich, und eine alte, mürrische Frau schaut nach draußen. Aljonuschka grüßt freundlich und fragt die Alte nach Nadel und Faden, wie es ihr aufgetragen wurde. Baba Jaga lacht, und dieses Lachen geht ihr durch Mark und Bein. Sie sagt, sie werde ihr diese Dinge gerne geben, doch zuvor solle sich Aljonuschka noch für eine Weile an den Webstuhl der Alten setzen und ihr bei einer Arbeit helfen. Das Mädchen gehorcht, und Baba Jaga trifft derweil Vorbereitungen, die Kleine zu verspeisen. So trägt sie der Magd auf, draußen ein Bad vorzubereiten, damit das Mädchen auch sauber sei, wenn es im Kochtopf lande. Aljonuschka bekommt das alles mit, und als die Hexe außer Hörweite ist, bittet sie die Magd, das Badewasser mit einem Sieb anstelle eines Eimers zu schöpfen, damit sie Zeit gewinnen würde. Als Dank dafür gibt sie der Magd ihr Taschentuch, diese nickt wohlwollend und verschwindet. Die Hexe verliert, da die Magd nicht fertig wird, die Geduld und sagt zu Aljonuschka, sie solle nach draußen gehen und nachsehen. Draußen vor der Hütte begegnet ihr eine magere, zerzauste Katze, eine Gehilfin der Hexe, die sie mit dunklen Augen anfunkelt, nicht böse, eher neugierig. Sie wirft ihr den Schinken der Großmutter hin und fragt, ob es einen Weg gebe, um von hier zu fliehen. Die Katze gibt dem Mädchen einen Kamm und ein Handtuch und rät ihr, so schnell wie möglich davonzulaufen, egal wohin. Denn Baba Jaga werde sie verfolgen, aber wenn sie zu nahekäme, solle sie das Handtuch zu Boden werfen, und wenn das nichts helfe, den Kamm. Aljonuschka läuft so schnell sie ihre Beine tragen los, doch wird sie alsbald von den beiden Hunden der Hexe aufgehalten; sie stellen sie und bellen so laut, dass es die Alte hören muss. Aljonuschka wirft ihnen rasch das Brot der Großmutter hin, und sie verschlingen es gierig, denn auch sie sind hungrig, und das Mädchen kann entkommen. Das Grundstück von Baba Jaga wird durch ein altes, rostiges Tor begrenzt, ächzend schließt es sich vor Aljonuschka, bevor sie es erreicht. Sie beginnt, die Scharniere mit dem Öl zu schmieren, und als wollte sich das Tor für dieses Labsal bedanken, öffnet es sich wieder. Vor dem Tor steht eine Birke, sie will Aljonuschka mit ihren Ästen aufhalten. Das Mädchen schmückt den Baum mit dem roten Band, worauf dieser von ihr ablässt, um seine Schönheit im Spiegelbild eines Teiches zu bewundern. Währenddessen entdeckt Baba Jaga, dass ihre Mahlzeit entkommen ist, und sie fragt zornig die Katze, warum sie das Mädchen nicht aufgehalten habe. Weil Aljonuschka freundlich gewesen sei, sagt die Katze. Und auch die Magd sagt das, die Hunde, das Tor und die Birke. Das Mädchen sei seit Jahren die Erste gewesen, die Freundlichkeit und Freigebigkeit gezeigt habe. Ganz im Gegensatz zu Baba Jaga. Die Alte ist außer sich und nimmt - auf einem Mörser durch die Lüfte fliegend - die Verfolgung des Mädchens auf. Sie kommt ihm schnell näher, beinahe kann sie nach dem Mädchen greifen, da wirft es das Handtuch auf den Boden: Zwischen ihr und der Hexe entsteht ein Fluss, den die Alte nicht überfliegen kann. Sie befiehlt zwei Bullen, den Fluss leer zu trinken, erst dann kann sie weiterfliegen - Aljonuschka hat wieder einen Vorsprung, die Alte macht ihn allerdings schnell wieder wett. In höchster Not wirft das Mädchen den letzten Gegenstand, der ihr geblieben ist, auf den Boden, und es wächst ein dorniger, undurchdringlicher Wald vor ihren Augen. Baba Jaga stößt einen gellenden Schrei aus und versucht, sich mit den Zähnen einen Weg durch die Bäume zu beißen, doch ihre Zähne sind alt und nicht scharf genug. Es bleibt ihr verwehrt, diesen Wald zu passieren, sie kreischt zornig, denn ein kleines Mädchen hat sie lächerlich gemacht. Laut fluchend gibt sie das Mädchen auf und kehrt in ihre Hütte zurück. Auch Aljonuschka erreicht endlich ihr Zuhause und berichtet dem Vater, dass die Stiefmutter sie zu der Hexe geschickt habe und dass diese sie verspeisen wollte. Entsetzt ob der Boshaftigkeit seiner Frau jagt er diese fort und achtet fortan auf Aljonuschka wie auf ein kostbares Juwel.

»Warum erzählst du mir diese Geschichte?«, frage ich das Mädchen, nachdem sie geendet hat. – »Dafür gibt es viele Gründe. Kennst du einen?« – »Ich soll freundlich zu dir sein«, sage ich und ärgere mich sogleich über diese Antwort, erinnert sie Radmila vielleicht daran, dass ich eine Bedrohung sein könnte. Doch sie lächelt nur müde, schiebt sich eine Locke aus dem Gesicht und steht auf. »Noch eine Idee?«, fragt sie. Ich denke nach. »Es lohnt sich, freigebig zu sein«, sage ich. »Danke übrigens, dass du so gastfreundlich zu mir bist.« Und langsam merke ich, in welche Falltüren mich diese Geschichte stürzt. Denn ich werde ihre Freigebigkeit nicht erwidern können. Morgen schon werde ich ihren Vater erschießen, oder ich habe ihn bereits erschossen, oder ihren Onkel oder ihre Schwester oder ihre Tante. Oder sie selbst. »Siehst du«, sagt Radmila und unterbricht meine Gedanken. »Das sind schon zwei mögliche Gründe, und beide sind gut, falls du verstehst, was ich meine. Und es gibt noch viel mehr Gründe, und die allermeisten sind gut.« Sie klettert auf den Stuhl und sucht etwas zwischen den Ikonen. Als sie die Füße wieder auf dem Boden hat, richtet sie eine Pistole auf mich. Ihr Blick hat sich nicht verändert, eine von einer leichten Melancholie durchtränkte Müdigkeit. »Es ist schade«, sagt sie, »dass ich das jetzt tun muss. Oder?« Sie zielt auf mich, zittert nicht dabei, und dann drückt sie ab. Sie ist trotz ihrer Ruhe eine schlechte Schützin, denn der erste Schuss zerfetzt mir den Arm; der zweite geht lediglich in die Schulter. Einen dritten Schuss, der nötig gewesen wäre, hat sie nicht für mich übrig. »Danke«, sage ich zu ihr und sehe noch, wie sie meine Stiefel anzieht, die ihr viel zu groß sind, und die *Isba*, dieses Haus auf Hühnerbeinen, verlässt.

Es war nicht schwarz um mich herum, und es war nicht weiß, es war kein Licht, und es war kein Schatten, es war nicht laut, und es war nicht leise, es war in allem ein Dazwischen, ein Friede, es war der Anflug der Idee, dass man die tägliche Mühsal auch hinter sich lassen konnte und dass es nicht schlimm war, denn es gab da jemanden, der einen aufnahm, der einem nicht böse war, der ohnehin schon alles gesehen hatte, was Menschen tun und sich antun können. Kein Richter war nötig, es war kein Oben, und es war kein Unten, es gab kein Richtig, und es gab kein Falsch. Ich erwache in meinem Bett, habe vielleicht einen Monat geschlafen und vielleicht nur eine Nacht. Der Traum kriecht wie eine Schlange aus dem Zimmer.

Der zweite Traum vom Krieg

(12. April 1988)
Was habe ich nicht verstanden? Kürbisse so groß, dass sie, ausgehöhlt, als Hundehütten dienen könnten. Schwarzes Holz am Grund flacher Flussläufe, wir laufen, fahren und donnern darüber hinweg. Zu Fuß, zu Pferd, mit den Ketten unserer Panzer. Die Ebenen scheinen unendlich, der Himmel ein unwirkliches Blau. Da ist immer dieser Wind, es ist niemals windstill, vor uns liegen Gehöfte, kleinere Dörfer, Wälder, wir marschieren weiter, immer weiter, singend, scherzend, auf Grashalmen musizierend, braten Fleisch auf Spießen über offenem Feuer, sind berauscht von den Erfolgen der ersten Wochen. Smolensk, dieser Name klingt mir in den Ohren, er kommt von überallher und ist doch nur in meinem Kopf. Der Schweiß rinnt, die Uniform klebt kalt am Körper. »Es wird ein Spaziergang werden«, sagt der Unteroffizier, »noch vor Weihnachten werden wir wieder zu Hause sein und Moskau geschluckt haben.« Als wir rasten, zündet sich Jochen eine Zigarette an und sagt: »Scheiß drauf, jetzt wäre ein Schweinebraten schön.« Ich blicke nach oben: Über mir, in der Krone einer Pappel, sehe ich zwei Vögel auf einem Ast stolzieren. Sie schimmern grünlich und rötlich, plustern sich auf und singen eine Lautfolge, die mir gänzlich fremd ist. Reflexhaft möchte ich eine Kladde zücken, und augenblicklich liegt mir eine in den Händen. Ich versuche, die Vögel auf die Schnelle zu zeichnen, und da mir kein besserer Name für sie einfällt, taufe ich diese Vogelart *Marus-*

sia. Das Männchen schimmert rot, bilde ich mir ein, das Weibchen schimmert grün. »August, da kommt was«, ruft Jochen und gibt mir einen Stoß. Ich erkenne am Motorgeräusch sofort, dass es keine Maschine von uns ist. »Die Flak, die Flak!«, kreischt jemand, der Propellerlärm der *Iljuschin* wird immer lauter. Die Soldaten stieben auseinander, ich bleibe einfach stehen, und mir wird klar, dass ich das schon öfter getan habe; dass ich in diesen Augenblicken, wenn jeder nur an seine Rettung denkt, oftmals einfach stehen geblieben bin und direkt in die Mündung des Feuers gesehen habe. Ich habe es darauf angelegt, habe auf diese Weise desertiert, mehrfach, und niemand hat es gemerkt oder wenn, es fälschlicherweise als Tapferkeit ausgelegt, denn meistens habe ich zu meiner Waffe gegriffen und das Feuer erwidert, so aussichtslos es sein mochte. Das mache ich auch jetzt. Peng, du bist tot. »Du kannst mit einem Gewehr keine Einmotorige vom Himmel schießen, aber du kannst ein Zeichen damit setzen.« Habe ich jemals einen solchen Satz gesagt? Dafür erntet man, sollte man es überlebt haben, ein Schulterklopfen, gut gemacht. Und dann: Weitermarschieren, immer weitermarschieren, wenn du es noch kannst falleri fallera. Unser Flakfeuer kommt zu spät, die sowjetische Maschine ist entkommen. Drei Schwerverletzte, zwei Tote, der Unteroffizier spuckt aus. »Verdammt, wo kam die jetzt her? Können die nicht aufpassen?« Werner, in Ermangelung eines Zahnstochers ein Kauholz im Mund, hat die Erkennungsmarken der toten Soldaten mit einer routinierten Handbewegung zerbrochen, er hat sich nicht bekreuzigt dabei. Ewald und Reinhold. Weitermarschieren, immer weitermarschieren. Was hast du daran nicht verstanden? Jochen und ich stehen auf einer Anhöhe, wir haben unseren Bestimmungsort erreicht. Die Panzerdivision hat ein Inferno angerichtet, jetzt ist sie aber abgerückt, und wir müssen die Stellung halten. »Der Russe darf den Kessel nicht aufbrechen«, ruft der Unteroffizier. Ohrenbetäubender Lärm, ein Waldstück brennt, ein Kirchturm ist verstummt, Kampfflugzeuge über unseren Köpfen, diesmal sind es die unsrigen, und aus dem Hintergrund ist ein fremdes Echo zu hören, die Antwort des Feindes. »Mein Gott«, sagt Jochen, was hat er nicht verstanden, und wir stürmen in dieses Feuer hinein. Zerbrochene Münder, Schreie, stumme und laute, ein Schrei wie auf diesem berühmten Gemälde, und doch vermittelt es nur eine Ahnung davon, wie man schreien kann, und es ist eigentlich der Moment erreicht, da Worte und Bilder und auch dieser Traum völlig nutzlos werden. Trotzdem ermahne ich mich, nicht aufzuhören, nicht aufzuwachen. Sie rennen gegen uns an, Welle für Welle, was haben sie nicht verstanden, das ohrenbetäubende Geräusch einer platzenden Granate, keine Luft zu atmen. Warum tun sie das, frage ich mich, sie stürzen blindlings in unser MG-Feuer, Welle für Welle, und mit jeder Welle kommen sie ein kleines Stück näher, zu Hunderten, zu Tausenden gehen sie drauf, aber mit jeder Welle kommen sie ein kleines Stück näher, und das ist neu, denke ich, während ich das Gewehr lade und schieße; sie wehren sich, aber sie kämpfen ohne Sinn und Verstand, und ich schieße, und ich lade, und sie kommen näher, Welle für Welle, und jetzt treffen sie auch uns, einen nach dem anderen, und ich höre irgendwann das Wort »Rückzug«, gestern noch kam es nicht in unserem Wortschatz vor. Merke erleichtert, wie eine unbekannte Dunkelheit aufzieht, das Bild langsam zerbricht, und ich ermahne mich wiederum standzuhalten, jetzt nicht abzudriften, also drehe ich mich im Kreis, wie ein Derwisch, schneller, immer schneller, zwischen den Lebenden und den Toten, zwischen den Trümmern und den Splittern und den Ruinen und den schiefen Holzzäunen und den Ausrüstungsstücken, bis das ganze Braun und Rot und Grau des Krieges mich einsaugt und wieder ausspuckt neben einer langen Kolonne von Menschen, Hunderte, Tausende, die Parade der Geschlagenen, und es sind - noch einmal - die anderen. »Irgendeiner von denen wird meine Traudl schwängern«, sagt Jochen, der wieder neben mir ist, der mir nicht von der Seite weicht. Was haben wir nicht verstanden? Ich erinnere mich an den Vorsatz, mit den Traumfiguren zu sprechen, und rede einen der Rotarmisten an. Ob er ein Landwirt sei, frage ich, etwas Besseres fällt mir nicht ein, und er nickt. Er heiße Andrei, und jetzt ist es Andrei, der neben mir läuft und erzählt, wie sie die Felder bestellen und wie sie die Tiere halten, was ein Sowchos ist, mit welchen Maschinen sie arbeiten, und Andrei holt aus und sagt: »Das Problem bei uns ist die Kälte. In der Steppe hast du automatisch ein Heizproblem. Und im Sommer die Dürre. Wie willst du da Viehzucht betreiben? Aber die bolschewistische Technologie findet für alles eine Lösung. Also haben wir angefangen, den Kuhmist zu brikettieren und damit die Viehställe und Arbeiterunterkünfte zu heizen. Dafür brauchst du natürlich eine Maschine mit einem starken Dynamo, und einen solchen Dynamo haben wir uns bauen lassen nach Plänen eines jungen Ingenieurs, den ihr hoffentlich noch nicht weggebombt habt, wäre sehr schade um ihn. Jedenfalls im Sommer kannst du mit der Maschine Wasser pumpen und Briketts pressen; im Winter kannst du damit heizen. Damit können wir 300 Tonnen Fleisch zusätzlich produzieren, sparen Treibstoff im Wert von 100 Rubel und löschen im Sommer unseren Durst. Mit der Brikettierung sparen wir 2000 Rubel. Aber es kommt noch besser: Mit einem Elektroaggregat wollten wir ein Loch in die Tiefe der Erdkugel bohren, um das Wasser des Urmeeres zu erschließen. Hörst du mich? Diese Tiefenbohrung wollten wir mit einem Lichtbogen vornehmen, das ist eine Revolution. Pläne haben wir auch für ein Gerät zur Umwandlung von Sonnenlicht in Elektrizität. Und eine Melkmaschine mit Autofahrgestell, die habe ich mir überlegt. Wir hätten mein Gehöft in ein sozialistisches Paradies verwandelt, das sage ich dir, die Sekretäre und Funktionäre wären in Heerscharen zu uns gepilgert, um von uns zu lernen und dieses System auf die anderen Sowchos auszuweiten. Und jetzt kommt der Deutsche und macht das alles kaputt – aber ihr seid schlecht beraten, wenn ihr unsere Ingenieure unterschätzt.« Als Andrei geendet hat, wünsche ich mir, dass dieser Mann seinen Arbeitsdienst an unserem Hof verrichten und dem Vater zeigen wird, wie die Landwirtschaft der Zukunft zu gestalten ist; sie werden sich ohne Worte streiten, und das bessere Argument wird immer Andrei haben; und der Vater wird Pragmatiker genug sein, die Ratschläge des Russen zu befolgen, denn der Vater ist vieles, aber ein Nationalsozialist ist er nicht, und der neue Lebensraum im Osten und die dort lebenden Untermenschen interessieren ihn nicht. Die letzte Frage an Andrei: »Wenn ihr so klug seid, irgendwo in den Weiten des Landes so fortschrittlich, warum führt ihr auf diese Weise Krieg, dass ihr blind in das Feuer rennt? Was habt ihr nicht verstanden?« Andrei sieht mich an, wie man ein Kind ansieht, das eine dumme Frage gestellt hat, braune Augen, buschige Augenbrauen, die Mütze schief auf dem Kopf, und zeigt mit dem Kinn nach hinten, wo irgendwo Moskau liegt, und diese Geste soll mir alles erklären. Im nächsten Augenblick habe ich ihn schon aus den Augen verloren; Jochen spuckt aus, andere Soldaten der Wehrmacht dreschen mit ihren Gürteln auf diesen Menschenzug ein, der tausend Gesichter hat und damit keines, tausend Birkenstämme, unsere Soldaten grölen und pinkeln gegen die Stämme und rufen: Hopp Hopp. Weitermarschieren, immer weitermarschieren, solange du es noch kannst, falleri.

Ich sitze auf einem Felsvorsprung im grellen Sonnenlicht, neben mir Jochen mit der Leica vor der Nase, unter uns ein flacher Wasserlauf, Baumkronen spiegeln sich darin. Eine Frau watet durch das Wasser, ein weißes, am Hinterkopf zusammengebundenes Kopftuch, den langen Rock mit beiden Händen gerafft, damit er nicht nass wird; langsam zieht sie ihre Bahnen und hinterlässt ein Geräusch, es erinnert mich an nichts. Jochen knippst ein Foto von ihr, ich betrachte die Formation der Wolken, dann die Stadt im Hintergrund, in täuschender Stille liegt sie da, und dann kommt es mir so vor, als würde es aus diesem seltsamen Gemälde plötzlich rauchen, ein grauschwarzer Qualm steigt auf, dringt mir in die Nase, »nichts riecht süßer als der Tod«, flötet Jochen. Die Russin möchte derweil aus dem Wasser raus, was hat sie nicht verstanden, sie ist bereits am schlammigen Ufer, aber Werner befiehlt ihr, noch eine Bahn zu laufen und noch eine, es hat fast etwas Hypnotisches, Einschläferndes, da fällt mir erst auf, was diese Übung soll, es ist eine Minenprobe, die Frau ist ein menschliches Minensuchgerät, und in diesem Augenblick, da ich es endlich kapiere, detoniert nicht weit von uns, direkt hinter den Toren von Smolensk, eine Mine. Als Werner das ebenfalls realisiert, zieht er die Waffe und erschießt die Frau in der Furt, die keine Sekunde später mit blutdurchtränkter Bluse im Wasser liegt, und Werner, ranghöher als wir, weist uns an, »ihr Sandler!«, sie wegzuschaffen, damit sie nicht die Fische vergifte, er möchte hier vielleicht noch einmal zum

Angeln gehen, jetzt, wo klar sei, dass hier keine Mine liege. Dort, wo die Mine hochging, nicht weit von der zweitürmigen Kathedrale, ein neues Trümmerfeld: verkohlte Wagen und ein brennender Tank. Himmel und Hölle sind in dieser Stadt schwarze und weiße quadratische Kästchen, und wenn du Pech hast, bist du auf das falsche Kästchen gesprungen. Witzbolde haben sich inzwischen den Spaß gemacht, Tiere zu befreien, aus dem Zoo oder ich weiß nicht, wo sie herkommen. »Von wegen, wir sind die Aggressoren«, sagt Jochen und knipst das Geschehen, er ist heute mit dem Fotoapparat bewaffnet, »ganz ganz große Wohltäter sind wir.« Ein großes Halali, die Landser machen sich auf die Jagd und stellen sich sehr ungeschickt an, immer wieder entkommen die Wildtiere den Salven. Ein Luchs sprintet auf mich zu, ich möchte die Pistole ziehen und habe sie nicht bei mir, doch der Luchs ist bereits angeschossen und bricht vor mir zusammen. Der Schütze kommt stolz herbeigerannt und überprüft, ob das Tier auch wirklich tot ist. »Die Roten sind viel leichter zu treffen, das steht mal ganz außer Frage.« Weitermarschieren, immer weitermarschieren, irgendetwas habe ich noch nicht verstanden.

Zum Angeln wird Werner nicht mehr kommen, denn es wird Herbst, und es regnet, und wir sitzen in einem Haus, in einer einfachen Küchenstube, Fliegen schwirren unablässig gegen die Scheiben, Werner hantiert mit Töpfen, er hat eine Vorliebe fürs Kochen, aber nur mit richtig Feuer dahinter, wie er sagt, und ich wundere mich gerade, was er für ein Aufheben darum macht angesichts der wenigen Zutaten auf dem Tisch. Da setzt sich der Major Wolfschmidt zu mir, abnehmender Schmerbauch, feistes Gesicht, er rutscht auf der Sitzbank immer näher an mich heran und legt schließlich die linke Hand auf meinen rechten Schenkel und beginnt zu reiben. Werner verzieht das Gesicht, klappert aber weiter, bei einem Ranghöheren will er sich nichts anmerken lassen, wie es scheint. »So, so, der Unterseher, die alte Himmelfahrtsnase«, sagt der Major. »Kleines Bonbon gefällig?« Ich möchte ablehnen und aufstehen und muss mich erneut an mein Vorhaben erinnern, die Situationen nicht zu fliehen, weil ich diese Situationen auch nicht geflohen bin, als ich sie das erste Mal erlebte. Seine schwitzende Hand verschwindet für einen Augenblick, um dann vor meinen Augen wiederaufzutauchen, zwei Pillen zwischen den Fingern, eine Tagesration. Ich greife nach dem Pervitin, da zuckt die Hand wieder zurück. »Na, na, wer wird denn nur so voreilig sein. Man muss sich im Leben alles verdienen, Unterseher, merke er sich das.« – »Das ist mir gut bekannt, Herr Major«, erwidere ich artig und folge seinen watschelnden Beinen in die Nebenkammer, wo ich ihm die gewünschte Gefälligkeit erweise. Das Schwänzchen schaut unter dem Wanst hervor, und es schmeckt nach Salz und Fisch, nicht viel schlechter als die Suppe, die Werner kochen wird. Ich bekomme schließlich die Belohnung, der Major rüttelt die Hose zurecht. »Wird langsam knapp, Unterseher. Und was machen wir dann? Nüchtern ist das hier nicht zu ertragen, keinesfalls.« Ich schlucke die Bonbons, die Wirkung bleibt aus, und als ich vor die Tür möchte, stellt sich mir Werner in den Weg und spuckt aus. »Früher hätt's das nicht gegeben, früher wären Typen wie du gar nicht erst in die Armee gekommen. Und Typen wie dieser Herr Major erst recht nicht.« Ich frage ihn, was er gegen mich habe, da sagt er, ich sei eine Gleichung, die nicht aufgehe. Ich sei kein Element, auf das man sich verlassen könne. Ich sehe ihn fragend an, was ihn sehr zornig macht. »Stell dich doch nicht so dumm an, August, was hast du nicht verstanden, was, was? Jeder

A kann sich selbst vertreten. Wenn A den B und B den C vertreten kann, kann A auch den C vertreten. Reflexivität und Transitivität, schon klar. Und jetzt kommt das Problem, August. Wenn A den B vertreten kann, dann auch B den A. Der Meister (A) kann den Lehrling (B) vertreten, aber nicht der Lehrling (B) den Meister (A). Hier sind wir bei der Symmetrie angelangt, August, jetzt wird's kompliziert. Was bei dem Meister und bei seinem Lehrling nicht aufgeht, bei uns einfachen Soldaten muss es aber stimmen. Wenn Werner den August vertreten kann, dann muss auch der August den Werner vertreten können. Denn es ist scheißegal, wer der August ist und wer der Werner ist, beide sind Soldaten, sie sind als Teil einer Menge genommen identisch. Es gibt im Krieg keinen Unterschied zwischen Werner und August. Also muss der Satz richtig heißen: Wenn der eine Soldat (A) den anderen Soldat (A) vertreten kann, dann kann auch der andere Soldat (A) den einen Soldaten (A) vertreten. Verstehst du mich?« Ich nicke und sage: »Kann sein«, dabei weiß ich genau, was Werner mir sagen möchte, weil es Worte aus meinem späteren Mund sind oder besser Gedanken aus meinem älteren Kopf. »Du willst aber ein verdammtes B sein, August, und das funktioniert im Krieg nicht. Entweder wirst du deswegen sehr schnell draufgehen, oder du reißt einen Haufen anderer mit in den Tod, weil du sie nicht vertreten kannst oder willst. Äquivalent ist, was zur selben Klasse gehört. Und du willst nicht zu unserer Klasse gehören. Auf dich kann man nicht zählen, du rennst lieber ins Feuer, als deinem Kameraden zu helfen. Daher fürchte ich dich, August. Jeder, der noch halbwegs klar bei Verstand ist, geht dir besser aus dem Weg, wenn er diesen Krieg irgendwie heil überstehen möchte.« Ich weiß nicht, was ich Werner entgegnen soll, er spricht ja zu einem anderen

August, es ist nicht der August aus dem September 1941, und daher fasse ich ihn unbeholfen an der Schulter und sage: »Ich weiß deine Ehrlichkeit sehr zu schätzen« - und er weicht zurück und bellt: »Jetzt schleich dich, du Arsch, und fass mich nie wieder an.« Das Bild ist trüb geworden, ich reibe mir die Hände. Versuche, in ein anderes Bild zu kommen, und es gelingt noch einmal: Wir versuchen, einen Versorgungswagen aus dem Schlamm zu schieben, und da wir nicht möchten, dass die Uniformen völlig verdreckt werden, erledigen wir das ohne, klappern mit den Zähnen und lachen uns halb tot dabei; wohl wissend, dass der Nachschub stockt, dass irgendwann bald der Winter kommt, den wir herbeisehen, weil der Frost die Straßen wieder befahrbar machen wird; den wir fürchten, weil niemand von uns auch nur ein paar Handschuhe hat. Als wir den Lastwagen zum Gebäude des Armeeoberkommandos gebracht haben, öffnen wir ihn und inspizieren die Lieferung, gleich darauf lassen wir enttäuscht die Schultern hängen. »Wenn ich noch einen Bissen Kommisbrot essen muss, dann kotze ich das dem Unteroffizier vor die Füße«, sagt Jochen, der schon dürr war, als wir den Feldzug begonnen haben, und der langsam einem Skelett gleicht. Was hat er nicht verstanden? Irgendwann wird der Hunger stärker sein als sein Stolz, denke ich mir, doch ich sage es nicht, weil ich es in dieser Situation nie gesagt hätte. Ich gerate in einen Innenhof mit Brunnen und möchte mich dort waschen, eine Glocke schlägt nicht weit von hier, vielleicht eine Kapelle, wenn es so etwas hier in Smolensk gibt. Habe die Uniform über den Arm gelegt; Jochen kommt ebenfalls herbei, er trägt wie ich nur eine Unterhose, und sein dürrer Leib ist über und über mit Schlamm bespritzt. Wir waschen uns sorgfältig, das Wasser ist kalt wie ein Gletscherbach, und als wir aufsehen, haben sich zehn, fünfzehn nur mit einem weißen Leinenstoff bekleidete Russen in dem Hof zu einer Zeremonie eingefunden, sie halten sich bei den Händen und formen einen Kreis, dann laufen sie einmal mit, einmal gegen den Uhrzeigersinn, und wieder ertönt der helle Glockenklang und bringt eine neue Botschaft, denn nun setzen sich alle: Männer, Frauen und Kinder, sie lassen eine Lücke, und ein Mädchen mit lockigen Haaren winkt mir zu, sie ruft, wir sollen uns doch bitte dazusetzen, wir seien herzlich willkommen, dies hier sei *tatsächlich* ein Akt der Versöhnung. Die Zeremonie oder das Ritual besteht nun darin, dass alle sitzend eng zusammenrutschen, sodass sich in der Mitte des Kreises die Füße berühren können. Wir formen eine Art Stern, das schwarzhaarige Mädchen berührt meine Füße und beginnt mit den ihren, mir den Dreck von den Sohlen zu reiben, das kitzelt und ist doch angenehm. Mir fällt erst jetzt auf, dass ich die Uniform am Brunnen liegen gelassen habe, Jochen auch, doch wir fallen unter diesen ohnehin nur leicht bekleideten Menschen nicht auf. Die sackähnlichen Kleider der Russen werden durch Kordeln zusammengehalten, das Weiß der Kleider ist von einer ungewöhnlichen Reinheit und Leuchtkraft. Jochen berührt die Füße einer russischen Frau und zeigt ein Lächeln, das ich an ihm noch nicht kenne, da ertönt wiederum die Glocke, und die Gruppe steht auf, man verbeugt sich und geht gemächlichen, beinahe feierlichen Schrittes auseinander. Jochen und ich kehren zu unseren Uniformen zurück, da kommt das schwarzhaarige Mädchen und möchte mir etwas zeigen. Sie sieht aus wie ein Rabe in einem weißen Gefieder. »Schau mal, was ich da hab«, sagt sie, und nur ich kann sie verstehen; Jochens Lächeln ist verschwunden, mit Handbewegungen bedeutet er dem Mädchen, zu gehen, doch ich frage sie:

»Was denn?« Sie steckt sich eine Art hölzerne Pfeife in den Mund und platziert eine kleine weiße Kugel darauf. Sie bläst kräftig in die Pfeife, das kleine Bällchen beginnt zu schweben, und als dem Mädchen die Puste ausgeht, fängt sie das Bällchen mit der Pfeife geschickt wieder auf. Sie wiederholt es noch einmal und noch einmal, immer bleibt die Kugel auf der Pfeife und fällt nicht herab. »Ein tolles Kunststück«, sage ich und meine es ernst. Das Mädchen nimmt die Pfeife aus dem Mund, sie lächelt mich an. »Wenn es mir misslingt, bist du tot«, sagt sie nun, ohne dass ihre Stimme hasserfüllt klingen würde, sie sagt es in demselben mädchenhaften Singsang wie vorher. »Was soll das heißen?«, frage ich und fühle mich hier, in diesem Innenhof in Smolensk, nicht bedroht. Ein kühler Windzug geht durch den Säulengang mit dem Brunnen, mich fröstelt es, und ich fange endlich an, die Uniform anzuziehen, Jochen ist längst fertig damit. Das Mädchen hat sich etwas von uns weggedreht, als hätte es uns vergessen, sie übt weiter ihr Pfeifenkunststück. Es misslingt ihr diesmal, und ich habe gerade den letzten Hemdknopf zugeknöpft, da steht sie mit einer Pistole vor mir und drückt, ohne ein weiteres Wort zu verlieren, ab. Die Kugel durchschlägt den Arm, mein ganzer Körper wird nach hinten aus dem Bild gedrückt. Alles verlangsamt sich daraufhin; mir scheint noch, als flöge ich nach hinten, da gelingt es mir, noch einen Blick auf Jochen zu werfen, der unbeholfen seine Pistole zieht und dem Mädchen erst in den Kopf schießt und dann, weil er vielleicht denkt, das reiche nicht, sämtliche Patronen auf sie abfeuert. Irgendetwas hat er nicht verstanden. Das Mädchen sinkt nicht um, steht nur da, das weiße Kleid färbt sich rot, und ich sage noch zu Jochen: »Aber das Mädchen hatte doch recht, weißt du.«

Es war nicht schwarz um mich herum, und es war nicht weiß, es war kein Licht, und es war kein Schatten, es war nicht laut, und es war nicht leise, es war in allem ein Dazwischen, ein Friede, es war der Anflug der Idee, dass man die tägliche Mühsal auch hinter sich lassen konnte und dass es nicht schlimm war, denn es gab da jemanden, der einen aufnahm, der einem nicht böse war, der ohnehin schon alles gesehen hatte, was Menschen tun und sich antun können. Kein Richter war nötig, es war kein Oben, und es war kein Unten, es gab kein Richtig, und es gab kein Falsch.

Ich erwache in meinem Bett, habe vielleicht einen Monat geschlafen und vielleicht nur eine Nacht. Der Traum kriecht wie eine Schlange aus dem Zimmer.

Der dritte Traum vom Krieg

(23. April 1988)
Der Untersturmführer nennt es »Sardinenpackung«. Sie müssen sich am Rand des Grabens aufstellen. Einige von ihnen haben den Graben selbst ausgehoben, ein L im ausgetrockneten Sommerboden; sie sind durch die Entkleidungsprozedur gegangen und stehen jetzt nackt vor der Grube, die SS-Leute postieren sich hinter ihnen, schießen ihnen ins Genick, und sie fallen hinein, dann wird die nächste Reihe aufgestellt. Ich bin unter den Schützen, dabei gehöre ich nicht zur SS, doch Jochen und Werner stehen neben mir, also wird alles seine Richtigkeit haben. Jochen atmet schwer, nur widerwillig lädt er nach, er scheint nicht genau zu zielen, und Werner blafft ihn an: »Du tust niemandem einen Gefallen, wenn du danebenschießt, so gut es auch gemeint ist.« Nach zwei Reihen gibt es eine Pause, SS-Offiziere steigen mit einer Leiter in den Graben und überprüfen, ob jemand überlebt hat, und geben ihm den Gnadenschuss. Als einer der Offiziere wieder hinaussteigt, muss er sich übergeben. »Komm schon, stell dich nicht so an«, sagt Werner leise. »Ihr habt es doch so gewollt.« Ich soll für den SS-Mann einspringen und klettere die Leiter nach unten. Wo ich einen Atemzug höre, schieße ich, laufe auf den weichen, blutverschmierten Körpern ohne auszurutschen, gelegentlich knackt eine Rippe unter den Stiefeln.

Als ich wieder oben bin, wirken die anderen erleichtert und können es kaum erwarten, bis es weitergeht oder besser: bis es endlich aufhört. Eine neue Reihe wird vor uns aufgestellt, geschundene Körper, gebrochene Körper, aber die Augen funkelnd vor Hass und Angst, manche werden in ihre Position geprügelt. Diesmal ist ein Junge darunter, vielleicht dreizehn, vierzehn oder älter. Er singt leise ein Lied: »Aibolit, der gute Doktor! Unterm hohen Baume hockt er. Allen, allen wird er helfen – Käfer, Würmchen, Hund und Wölfin, Känguru, Schaf und Kuh und der Bärin noch dazu! Kopf und Bauch und jedes Glied heilt der gute Aibolit!« Doch auch dieser Gesang wird zum Verstummen gebracht, und die Gebete und die Flüche und die Verwünschungen und die leisen Sätze des Abschieds und die Namen, die in den Himmel gerufen werden, Namen von Vätern und Müttern und Brüdern und Schwestern, sie alle werden zum Verstummen gebracht, und ich bemühe mich, genau zu zielen, denn wenn ich schon schieße, denke ich mir und habe es auch damals gedacht, dann schieße ich gut und treffe. Bevor die nächste Reihe nackter, kleiner, großer, dünner, alter, junger, schwangerer Körper vor unsere Waffen getrieben wird, hören wir ein lautes Rufen, Major Wolfschmidt mit dem Schmerbauch kommt schnaufend angelaufen, eine Lokomotive der Deutschen Wehrmacht. »Unterseher, Keller und Strobel, sofort weggetreten!« – »Was soll das?«, ruft der Untersturmführer. – »Meine Soldaten nehmen nicht an einer solchen Schweinerei teil.« – »Schweinerei?«, sagt der SS-Mann. »Sie verursachen doch diese Schweinerei, werter Herr Major. Und denken Sie, es macht mir Vergnügen, hinter Ihnen aufzuwischen?« – »Jetzt halten Sie den Rand, bevor ich mich vergesse. Sie verhöhnen die soldatische Ehre – und es gibt keinen Befehl, der die Wehrmacht dazu anhält, sich an solchen Exzessen zu beteiligen.« – »Ich habe Ihre Soldaten nicht gefragt, sie sind von alleine gekommen.

Wie neugierige kleine Vögelchen. Tschilp, tschilp. Plötzlich waren sie da.« - »Stimmt das, Unterseher?«, fragt der Major, und ich weiß nicht, was ich antworten soll. - »Nein, das stimmt nicht«, sagt Werner für mich, »es war ein Befehl des Untersturmführers, da wir gerade in der Nähe waren.« - »Ich bin hier der Einzige«, brüllt der Major daraufhin, »der meinen Soldaten Befehle erteilt.« Der SS-Offizier lächelt und winkt ab. »Das ganze Gerede von soldatischer Ehre, das können Sie hier unter den Untermenschen vergessen. Ein Furz in der Taiga, Herr Major.« Der Major möchte sich auf den SS-Mann stürzen, da kommt ein ranghöherer Offizier, trotz der Hitze Schiffchen auf dem Kopf und schwarze Handschuhe, und weist seinen Mann zurecht und entschuldigt sich bei Wolfschmidt. »Das ist für alle hier eine Ausnahmesituation, Sie müssen verstehen. Und manche haben ihre Nerven nicht so im Griff, wie sie sollten. Doch jetzt müssen wir weitermachen. Sehen Sie doch nur, diese Menschen warten schon die ganze Zeit auf ... das ist nicht in Ordnung. Es sollte viel schneller gehen, wir müssen das Verfahren weiter verbessern, und die Wehrmacht wird das in Zukunft überhaupt nichts mehr angehen. Da bin ich mir sicher.« Der Major schiebt uns in einen Wagen, und wir fahren los, er ist noch sehr erregt und presst die Hand auf meinen Oberschenkel und sagt, das Schlimme sei ja, dass dieser SS-Futzi recht habe. Soldatenehre? Ein Furz im Wind, und ob Wehrmacht oder SS, das mache keinen so großen Unterschied mehr. Er holt zu einer Rede aus, ich bin allein mit ihm im Wagen, Jochen und Werner sind vielleicht doch in einen anderen eingestiegen, und ich habe dieses Lied des Jungen im Ohr: »Vor Glück hopst und jauchzt Mutter Häsin - ihr Süßes, ihr Kind ist genesen! Und sie singt ein Jubellied: Danke, danke, Aibolit!« - »Es ist ja so«, sagt der

Major, und er sagt es nicht direkt zu mir; er sagt es, damit es gesagt ist, und er verlangt nicht von mir, dass ich antworte. »Es ist ja so, dass wir uns mit der Vernichtung der Juden an der Universalität vergehen, in der wir eigentlich alle zu Hause sind. Wer kann das bestreiten! Nicht wahr, mein Grenadier, jeder von uns hatte doch schon einmal das Gefühl, dass man Teil eines Ganzen ist und dass da Zeichen sind, die einem vermitteln, dass es sinnvoll sei, was du tust, dass es auf etwas zulaufe, dass du eine Bestimmung hast, die dich erfüllt. Plötzlich interessierst du dich für etwas, und justament kommt jemand herbei, der es dir beibringt, oder es fällt einem ein Buch zu oder ein Bild oder nur eine Idee; und wir erkennen, dass nichts Gestalt annimmt, wofür nicht schon die Voraussetzungen geschaffen worden sind; und erst jetzt fängt man an, die dafür relevanten Dinge wahrzunehmen, an denen man vorher einfach vorbeigegangen ist, und plötzlich reichert sich etwas an, die Schwellenhüter treten zur Seite, und es wächst in einem, und man wähnt sich kurz vor dem Ziele. Wenn ich mich als Beispiel nehme, so kann ich frank und frei behaupten, dass ein Buch mein Leben von Grund auf verändert hat, und erst wenn ich genauer hinsehe, erkenne ich, dass dieses Buch nur der letzte Auslöser für die Veränderung war, die bereits seit Jahren in mir wuchs, und nein, mein Lieber, ich verrate dir nicht den Titel dieses Buches, er würde dir auch gar nichts nützen, aber was ich damit sagen will: Selbst unser Unterseher hier, der vor dem Krieg nicht über den Lattenzaun um seinen Kuhstall hinausgeblickt hat, wird vielleicht schon einmal in seinem Leben das Gefühl gehabt haben, dass da etwas Höheres, Größeres ist, dessen Teil man ist, ob man will oder nicht – und jetzt erkennst vielleicht auch du, dass wir dieses Höhere und Größere gerade zerstören, indem wir alle diese Menschen da erschießen, die genauso Teil der Gesamtheit sind, denn jeder von ihnen hatte diese Hoffnung, dass er nicht sinnlos auf der Welt ist, und diese Hoffnung zerstören wir nun, und da wir dies tun, bringen wir alles durcheinander, und das wird die fatalsten Konsequenzen haben, Unterseher. Der Mensch muss wissen, wozu er gut ist, und jetzt sag bitte nicht, dass der Krieg doch schon immer hoffnungsvolle Lebensläufe zerstört hat; sicher, das hat er, aber das war, wenn du verstehst, alles im Rahmen der Gesamtheit; es war, für viele vielleicht unerklärlich, Teil einer Verabredung, einer stillen Übereinkunft, denn der Krieg ist eigentlich ein Spiel, er beruht auf Regeln, an die sich jeder zu halten hat, und wenn ein Soldat früh starb, dann fiel er mit seinem Tod nicht aus dieser Universalität heraus, er konnte seine Biografie trotzdem erfüllen, auch wenn er nicht alt wurde; aber jetzt, in diesen verdammten Wochen, glauben gewisse Herren und allen voran dieser österreichische Oberlippenbart, dass sie sich über die Universalität hinwegsetzen, dass sie die Regeln und Übereinkünfte brechen können. Das hat, ich muss es leider sagen, eine neue Qualität, denn danach wird nichts mehr so sein, wie es vorher war. Sollten irgendwelche Juden überleben, niemals mehr werden sie in das Gesicht eines Deutschen schauen und einem Deutschen die Hand geben können. Wir sind jenseits aller Systeme angekommen, wir haben das Christliche verlassen, schon längst, wir haben alles verlassen, was dieser Sache hier noch irgendeine Rahmung hätte geben können. Es gibt, und das wird morgen bereits so sein, keine Gesamtheit mehr, es gibt dann nur noch verschiedene kleine Bröckchen, und um diese Bröckchen schwirrt nur noch Hass, Hass, Hass, und an diesem Hass wird die Welt zugrunde gehen, Unterseher, oder was sagst du, da du den

Kopf schüttelst.« Ich habe gar nicht gemerkt, dass ich den Kopf geschüttelt habe. »Es wird eine Versöhnung geben«, sage ich und weiß, dass ich das nicht hätte sagen sollen, doch der Major lacht nur leise auf und antwortet: »Ach, Unterseher, Sie sind ja noch ein Reh.« Und dann schweigt er, wir schaukeln unserem Ziel entgegen, und ich stecke den Kopf aus dem Fenster, auch an diesem Tag fliegen Vögel hoch und tief, singen ihre Lieder, und nichts wäre unsinniger, als sie zeichnen zu wollen; mir kommt indes ein anderes Lied in den Sinn, das Lied des Jungen am Rande des Grabens: »Gut, ich will mich sehr beeilen, will euch eure Kinder heilen! Doch wo wohnt ihr - in der Wüste, auf den Felsen, an der Küste? - Unser Heim sind weiße Wüsten, grüne Inseln, heiße Küsten und der Berg Fernando-Po!« Wir halten, ich steige aus, der Major drückt mir zwei Tabletten in die Hand, damit ich die Nacht überstehe, gibt mir einen Klaps, und ich gehe weiter, ohne zu wissen, wohin, blicke nach oben, da ist die Abendsonne, eine graue Wolke scheint sie zu fressen, sie sieht aus wie ein Krokodil.

Marschieren wir also weiter nach Osten. Auf einem hölzernen Steg, Tausende, Hunderttausende Planken, mit Nägeln befestigt, sie geben den Schritten einen Resonanzboden, den Stiefeln ein Echo. Trapp trapp drein - und der Steg geht immer weiter, pikst den Horizont, als hätte ein übergeschnappter Baumeister einen solchen Steg durch ganz Russland gelegt, damit wir eines Tages darauf marschieren können. Marschieren wir also gen Osten, und mit jedem Schritt befreit sich einer dankbar von sich selbst und überantwortet sich dem Klappern der Stiefel und seiner Kraft - und mit jedem Schritt wächst in einem anderen das Gefühl der Beklemmung, der Einzäunung, und so geht es auch mir. Ich verspüre den Drang, meinen Schritt zu beschleunigen, auszubrechen aus dem klappernden Rhythmus, zu rennen, in die Dämmerung, bis ich nichts mehr höre, kein Klappern, kein Lied, keinen Gesang. Da wachsen Blumen am Rand des Stegs, teils bekannt - Maiglöckchen, Brennnesseln, Sauerklee, Giersch, Kamille -, teils unbekannt, ich habe den lächerlichen Wunsch, sie zu pflücken, sie zu berühren, an ihnen zu riechen - und ich könnte es tun, ohne Konsequenzen zu fürchten, doch ich halte mich an meinen Vorsatz, mich nicht anders zu verhalten, als ich mich damals verhalten habe. Ich marschiere gen Osten und habe vor Augen, was ich bald, heute noch oder morgen oder übermorgen tun werde, denn im Krieg ist das meiste zum ersten Mal getan und damit stärker im Gedächtnis verankert. Ich habe, während ich auf einem hölzernen Steg weiter nach Osten marschiere, vor Augen, wie ich das erste Mal mit dem Karabiner einen Menschen töte und wie der erste der Kameraden getötet wird; wie ich das erste Mal versuche, eine verdreckte Uniform zu reinigen (man sollte sie erst trocknen lassen); ich habe die Gesichter der Dorfbewohner vor Augen, deren Häuser wir zerstört und deren Felder wir verwüstet haben; habe aufgerissene Stiefel vor Augen; habe vor Augen, wie die erste Feldpost eintrifft, aber für mich ist kein Brief dabei; wie der erste Panzer kaputtgeht; wie man Canasta spielt und das erste Spiel gewinnt; wie ich das erste Mal ein Feuer lösche und wie ich die erste Pervitin schlucke und wie ich das erste Mal einen Bauchschuss sehe und Borschtsch esse und wie ich von einem heulenden Mann gestreichelt werde, der verheiratet ist und zwei Kinder hat. Ich habe vor Augen, wie mir jemand aus einem gelben Buch ein Gedicht vorliest; habe vor Augen, wie ich auf offenem Feld schlafe und in Hütten und in Häusern und in Hallen und in Fahrzeugen, und habe nackte

Männer und Frauen und Kinder vor Augen, die gleich erschossen werden, und habe Rauchwolken vor Augen, Flammen, vertrocknetes Gras, Flüsse und blaue und graue und schwefelgelbe Himmel; Kraniche, Haselhühner, Birkhähne, Auerhähne, Singdrosseln, Nachtigallen, Fliegenschnäpper und Tannenhäher; habe vor Augen, wie ich das erste Mal versuche, eine klaffende Wunde zu versorgen, und es misslingt; wie ich einem Toten die Augen zudrücke, wie Häuser brennen und Fahrzeuge und Panzer und Pferde; wie Flugblätter vom Himmel fallen und Verwundete die Mäuler aufreißen; wie getanzt und musiziert wird, wie ein nackter Mensch gefoltert wird und ein bekleideter Mensch aufgeknüpft; wie gebadet wird und geschrieben und fotografiert; wie Teichfische gebraten und Grütze gegessen und *Kwas* getrunken wird; wie steinerner Regen fällt und die Sonne brennt; wie Beethovens *Appassionata* gespielt wird und eine Balalaika ertönt und *Alle meine Entchen* gepfiffen wird; ich marschiere nach Osten auf einem hölzernen Steg und habe das alles vor Augen, die Tage und Nächte – immer nur Bruchteile, Fragmente, nicht länger als eine Sekunde, damit ich nicht aufwache und die Bilder ungestört an mir vorbeiziehen können, bis ich das Ende des hölzernen Stegs erreicht habe, und an dessen Ende tut sich ein schwarzer Abgrund auf, vielleicht das Ende der Welt, denke ich, nein: hoffe ich und lasse mich fallen.

Eine Alte gibt ihre Habseligkeiten ab und legt sie auf den großen Haufen. Nur eine Kette behält sie an – an einer einfachen Kordel baumelt ein weißer Kristall –; als sie vorbeizieht, deutet sie darauf und erzählt mir in einem altertümlich wirkenden Deutsch, es handle sich um einen Alaunstein. »Ein guter Blutstiller«, sagt sie, »hilfreich allerdings nur bei kleineren Wunden.« – »Dann ist er im Krieg unbrauchbar«, erwidere ich, da ist auch schon Werner neben mir und blafft die Alte an, sie solle auch diese Kette abgeben. »Wenn wir Ausnahmen machen, dann ist hier bald der Teufel los.« – »Ach, lass doch«, sage ich zu Werner, »was spielt es für eine Rolle.« Ich kann zusehen, wie sich Werners Gesichtsfarbe ändert, von Weiß zu Rot, und er brüllt, er sei hier der ranghöhere Soldat, und ich solle gefälligst das Maul halten. Er reißt der Alten die Kordel vom Hals und wirft mir den Alaunstein vor die Füße, die Alte drängt er weiter. Sie fügt sich klaglos in die Kolonne ein, die, so haben es die Flugblätter versprochen, zu einem Zwischenlager geführt werden soll, von wo aus die Juden in einen anderen Landstrich verlegt würden. Ein eigenes Judenland, irgendwo jenseits des Urals. Unsere Aufgabe ist es, dass die Juden zu diesem Zwischenlager kommen, den Rest wird die SS übernehmen. Doch das Zwischenlager ist kein Lager, es ist ein L, das in den Boden gegraben wurde, und als wir die Menschen an diese Stelle gebracht haben, wissen wir längst, was hier vor sich geht. SS-Soldaten befehlen den Leuten, sich auszuziehen, dann werden sie an den Rand des Grabens getrieben und erschossen. »Sardinenpackung«, nennt das ein Untersturmführer nicht ohne Stolz, aber dieses Vorgehen läuft nicht reibungslos ab. Da die SS-Leute nicht genau schießen, müssen sie immer wieder in die Grube hinabsteigen, nach Lebenden suchen und diesen den Gnadenschuss geben. »Ist er ein guter Schütze«, fragt der Untersturmführer, und ich blicke mich um, wen er meint, da sehe ich, dass ich allein vor ihm stehe. Werner ist verschwunden, und ich nicke, weil es ja stimmt, ich bin ein guter Schütze. »Dann löse er einen der Schützen ab«, sagt der Untersturmführer, und ich gehorche. Stelle mich zu den anderen Schützen, warte, bis uns eine neue Gruppe vor die Gewehre geführt wird, ziele und drücke ab. Ich bemühe mich, genau zu schießen, denn wenn ich schon schieße, denke ich mir und habe es auch damals gedacht, dann schieße ich gut und treffe genau. Unter den Menschen, die ich erschieße, ist auch die Alte mit dem Alaunstein, aber der Alaunstein hängt jetzt an meinem Hals, und ich möchte, nachdem ich sie erschossen habe, in die Grube steigen, den Stein auf ihre Wunden drücken und sie heilen. Es stünde in meiner Macht, doch ich warte, bis die nächste Gruppe vorgeführt wird, ein Junge singt ein Kinderlied vom Doktor Aibolit. »Aibolit, der gute Doktor! Unterm hohen Baume hockt er. Allen, allen wird er helfen – Käfer, Würmchen, Hund und Wölfin, Känguru, Schaf und Kuh und der Bärin noch dazu.« Und der Junge wird erschossen, es gibt eine kurze Pause, da SS-Offiziere in der Grube nachsehen, ob jemand am Leben geblieben ist, und als es wieder weitergehen soll, kommt Major Wolfschmidt herbei und brüllt etwas von soldatischer Ehre, bugsiert mich in einen Wagen und hält einen Monolog über die verletzte Universalität und den Wunsch eines jeden Menschen zu wissen, welchen Sinn die eigene Existenz habe. »Der Mensch möchte wissen, wozu er gut ist!« – Ich bin gefangen in einer Schleife, das Wolkenkrokodil frisst die Sonne auf, und schon marschiere ich wieder trapp trapp drein auf dem hölzernen Steg weiter nach Osten und würde gerne losrennen oder besser noch losfliegen, um mich aus dieser Situation zu befreien; es stünde in meiner Macht, doch ich halte durch, bis das Ende des Stegs erreicht ist, habe wiederum das dunkle Loch vor mir, und dankbar lasse ich mich fallen, um nur einen Wimpernschlag später in einem Zimmer zu stehen, da sitzt ein Mädchen am Klavier, schwarzlockig, blasses Gesicht, und singt ein Lied; ich kenne es, Paul hatte es das eine oder andere Mal zum Besten gegeben. »Ich träumte von bunten Blumen, so wie sie wohl blühen im Mai; Ich träumte von grünen Wiesen, von lustigem Vogelgeschrei. Und als die Hähne krähten, da ward mein Auge wach; da war es kalt und finster, es schrien die Raben vom Dach.« Das Zimmer ist durch einen Vorhang abgedunkelt, vermutlich, damit die Sommersonne es nicht aufheizt, doch es ist bereits heiß und stickig, der Schweiß läuft Jochen die Schläfen hinab. Ein Lichtstrahl fällt durch den Vorhang direkt auf einen Tisch mit einer Kristallkaraffe, in dem Lichtbogen tanzt der Staub des Zimmers. Was noch: ein Bücherregal, darin dickleibige Bände, ein paar Ziergegenstände, Püppchen aus Porzellan und Kristall, und dieses schwarzlockige Mädchen am schwarzen Klavier, es spielt konzentriert, nimmt uns nicht wahr, geht ganz in ihrem Spiel auf. Sie singt mit einem deutlich wahrnehmbaren russischen Akzent, und ihre Stimme hat die Klangfarbe einer Erwachsenen, die schon viel in ihrem Leben gesehen hat. »Es schrien die Raben vom Dach« - sie singt es, dass man zusammenzuckt, dass sich eine Schlinge um die Seele legt und zugezogen wird. Der Vater der Kleinen, ein stolzes, bartloses Gesicht, bietet Jochen und mir permanent Wasser an, das Glas darf nie leer sein, wenngleich man ihm anmerkt, dass er dieses Ritual der Höflichkeit äußerst widerwillig durchführt. Wir also trinken uns einen Wasserbauch an, und das Mädchen am Klavier spielt immer nur die ersten beiden Strophen des Liedes, bis die Raben vom Dach schreien, und schon fängt sie wieder mit den Maiblumen an. Jedes Mal, wenn sie von den Raben singt, durchzuckt es mich, schnürt es mir die Kehle zu (vielleicht liegt dort die Seele?), und ich stelle mich, da ich es nicht mehr ertragen kann, direkt hinter das Mädchen, in der Hoffnung, dass sie sich durch meine Präsenz stören lässt, doch sie macht immer weiter, spielt, ohne aufzusehen, ohne die Umwelt zu registrieren. Jochen lauscht ihr mit einem blöden Gesichtsausdruck, ihn hat sie schon außer Gefecht gesetzt, doch auf mich wirkt das alles hier immer mehr wie eine Folterkammer. Ich muss an Paul denken, an sein Spiel, und verspüre eine große Ungerechtigkeit, dass nicht er hier am Klavier sitzt, sondern das russische Mädchen, das wie ein Automat diese ersten beiden Strophen lernt oder nicht mehr lernt, sondern schon perfekt beherrscht, sie abspult ein aufs andere Mal, alles an ihr ist perfekt. Sie ist eigentlich kein Mädchen mehr, sie ist vierzig, hat ihre Mutter verloren und ihren Ehemann, zwei Kinder geboren, von denen eins tot zur Welt kam – so lebenssatt klingt ihre Stimme, und mit jedem Rabenschrei erstickt sie mir das Herz. Der Vater drängt mich, ein weiteres Glas Wasser zu trinken, ich schlage es ihm aus der Hand, es fällt zu Boden, es zerspringt nicht, und nicht einmal dieses dumpfe Geräusch und die wütenden Worte des Vaters schrecken das Mädchen aus seinem Spiel; ich werde nun meine Hände um den zarten Hals dieses Mädchens legen und zudrücken, werde ihrem Gesang ein Ende bereiten, bevor sie mich mit ihrem Spiel für immer ruinieren wird. Jochen, wiedererwacht, legt mir eine Hand auf die Schulter und sagt: »Das nenn ich einen Morgen so recht nach meinem Sinn!« Da muss ich für einen Augenblick stutzen, denn ich merke, dass ich die Kontrolle verloren habe, und genau in diesem Augenblick dreht sich das Mädchen mit ihrem Klavierhocker um, sie hat eine Pistole in der zarten Pianistinnenhand, und als ich ihren Gesichtsausdruck sehe, weiß ich, dass sie nicht zögern wird abzudrücken. Ich lasse mich nach hinten fallen und finde mich vor der Grube wieder. Da steht ein Junge vor mir, singt ein Kinderlied vom guten guten Doktor Aibolit und dem Fluss Fernando-Po, weiter ist da niemand mehr, ich drücke ab, und der Junge fällt in das Grab; ich fasse mir an den Hals, aber da ist kein Alaunstein mehr, um seine Wunden zu heilen. Es nähert sich ein Wagen, Major Wolfschmidt steigt aus und hält direkt am Grab seine Rede über die verletzte Universalität, und dann steigt er selbst in die L-förmige Grube hinab und gibt den noch Lebenden den Gnadenschuss. »Der Mensch muss wissen, wozu er gut ist«, sagt er, als er wieder aus der Grube steigt, er hält sich ein mit seinen Initialen besticktes Taschentuch vor den Mund, tupft den Schweiß ab, und dann lächelt er. Später fahren wir mit dem Wagen irgendwohin, ich habe die heiße Hand des Majors auf dem Schenkel, und er erzählt mir etwas von einem Buch, das für ihn eine große Rolle gespielt hat, für mich aber völlig ohne Belang sei; ich blicke aus dem Fenster und sehe, wie die Sonne von einer krokodilförmigen Wolke geschluckt wird. Ich öffne die Tür des Wagens und lasse mich nach draußen fallen, schon marschiere ich weiter nach Osten, auf einem hölzernen Steg, den ein wahnsinniger Baumeister ersonnen haben muss, damit wir eines Tages mit unseren Stiefeln ordentlich klappern können, trapp trapp drein, trapp trapp drein, und am Ende des Stegs wartet das nächste Loch auf mich, in das ich mich fallen lasse, und ich stehe wieder vor dem Klavier, das schwarzhaarige Mädchen hat gerade abgedrückt, es hat mir in den Arm geschossen, genauso entschlossen, wie sie eben Klavier gespielt und dazu gesungen hat, von Raben und Maiblumen; Jochen hat ihr die Pistole aus der Hand gerissen, der Vater kramt hektisch in einer Schublade nach Verbandsmaterial oder seiner eigenen Waffe, oder er fragt sich, ob die Pistole des Mädchens seine eigene Waffe sei, und ich sehe Staub in dem Lichtstrahl tanzen, der durch die Vorhänge fällt, es sind rote Vorhänge mit einem weißen Blumenmuster, das fällt mir jetzt erst auf, und als ich die Vorhänge eine Sekunde zu lange fixiere, ist es endlich vorbei.

Es war nicht schwarz um mich herum, und es war nicht weiß, es war kein Licht, und es war kein Schatten, es war nicht laut, und es war nicht leise, es war in allem ein Dazwischen, ein Friede, es war der Anflug der Idee, dass man die tägliche Mühsal auch hinter sich lassen konnte und dass es nicht schlimm war, denn es gab da jemanden, der einen aufnahm, der einem nicht böse war, der ohnehin schon alles gesehen hatte, was Menschen tun und sich antun können. Kein Richter war nötig, es war kein Oben, und es war kein Unten, es gab kein Richtig, und es gab kein Falsch.

Ich erwache in meinem Bett, habe vielleicht einen Monat geschlafen und vielleicht nur eine Nacht. Der Traum kriecht wie eine Schlange aus dem Zimmer.

Die dritte Begegnung
1942 bis 1943

Die Schlange

Lärm und Licht brachten mich wieder zur Besinnung. Ein freundliches, schnauzbärtiges Gesicht beugte sich zu mir herab, mir fiel das für einen Kriegsteilnehmer erstaunlich zerzauste graue Haar auf. Zwei Finger spreizten meine Augenlider. »Aha«, sagte eine Stimme, das alte Gesicht war sogleich verschwunden und wurde durch ein junges ersetzt. Dunkler Blick, müde Augen, ein aufmunterndes Lächeln. Dann wurde es wieder schwarz.

Sie hatten das Lazarett in einem herrschaftlichen Anwesen eingerichtet - ein Palast, ein Landhaus? -; ich lag in einer Art Ballsaal, Fresken an den Wänden mit verblassten, aber noch erkennbaren floralen Motiven. Rankende Gewächse, Blüten und Blätter. Das Wundfieber stieg, und ich bekam Besuch von meinen beiden rot und blau gefiederten Marussia-Vögeln, sie flatterten von Blatt zu Blatt, hüpften von Ast zu Ast, dabei hell tirilierend. Staunend sah ich diesen wundervollen Geschöpfen zu, da flog mir einer der Vögel in den Mund, und ich überlegte kurz, ob ich ihm nicht eine Wohnung in meiner Mundhöhle gewähren sollte, warum denn nicht, war dort nicht Platz genug? Doch dem Vogel schien das nicht zu gefallen, sofort war er wieder draußen und war in das Wandbild zurückgekehrt, wo ich ihn irgendwann aus den Augen verlor. In den Blüten und Gewächsen erkannte ich Gesichter und Körper. Manche Gesichter blickten gütig auf mich herab, andere schienen mich auszulachen und zu verhöhnen. »Der August, seht ihn euch an, den August!« Eines dieser Blumengesichter habe ich noch genau in Erinnerung: rotes Haar, ein breites Grinsen, ich musste mich stundenlag in dieses Antlitz versenkt und mit ihm ein Zwiegespräch gehalten haben. Irgendwann beschloss ich wohl, keine Angst mehr um mich zu haben. Ich legte mich selbst zu den Akten, und nichts anderes würde ja passieren, wenn ich starb; ein Aktenvermerk, mehr nicht.

Mit diesem Fatalismus schien ich allerdings wenig zu meiner Genesung beizutragen. Ich hatte kaum Schmerzen, der linke Arm blieb taub und hing wie eine tote Schlange an mir herab. Die Wunde aber hatte sich entzündet, und der Arzt schnupperte am Verband und machte eine undurchdringliche Miene. Er war ein gebürtiger Münchner und blieb daher immer ein wenig länger an meinem Bett stehen, um die Gelegenheit zu nutzen, bairisch sprechen zu können. Mit seinem Assistenten, einem Studenten der Medizin, für zwei Monate an die Front abkommandiert, konnte er das nicht, ohnehin riefen sie sich, gehetzt, wie sie waren, nur das Nötigste zu. Der Arzt war noch nicht abgestumpft, war noch immer im Clinch mit dem Tod und zeigte eine bittere Miene, wenn er einen Soldaten verlor, folglich war er die meiste Zeit über schlecht gelaunt. Nur wenn er bairisch sprechen konnte, dann erlaubte er sich ein kindliches Glucksen und lächelte kurz oder trällerte: »Und d'Annamierl hat aufg'macht, und der Föhnwind hat g'lacht.«

Als ich ihm in einem klaren Moment erzählte, wer mir die Wunde zugefügt hatte, da musste er lachen. »A Madel? Ruochlose Partisanenhand? Des macht die Sach'n ned bessa. An Orden kriagst dafür jedenfalls ned.« Er kratzte sich kurz den Bart. »Aber es ist ja auch kein Wunder«, sagte er dann auf Hochdeutsch, »wenn wir ihnen alles zerstören, wenn wir ihnen Haut und Haare abziehen. Was sollten sie denn, bitt schön, sonst machen, als auf uns zu schießen.«

Eine Schwester brachte mir gelegentlich ein Wohlschmeckerchen, wie sie das nannte, aber ich bekam kaum etwas runter. Den stummen Dialogen zwischen Arzt und Student konnte ich entnehmen, dass sie überlegten, mir den Arm abzunehmen, bevor die Wunde meinen gesamten Körper vergiften würde. Immer wieder schnupperte der Arzt am Verband, und er verzog nie eine Miene ob des Gestanks, der sich im gesamten Saal ausgebreitet haben musste; ein Saal mit einer nahezu vollständigen Ansammlung von Wunden in den unterschiedlichsten Körperpartien und in den unterschiedlichsten Entzündungsgraden, und jeder Entzündungsgrad hatte, wenn ich das Schnuppern des Arztes richtig deutete, seine eigene Geruchsnuance. Dem Assistenten wich anfangs bei einem Verbandswechsel noch das Blut aus dem Gesicht, doch er gewöhnte sich mit der Zeit daran und entwickelte eine Eleganz in seinen Gesten und Handgriffen, die der ältere Arzt allerdings nicht guthieß: »Das dauert alles viel zu lange, Alexander, wir sind hier nicht beim Haareschneiden!«

Was mich anging: Ich wollte nicht mehr, und der Arzt hatte keine Zeit, mich vom Gegenteil zu überzeugen. Ich bedauerte zutiefst, dass das russische Mädchen nicht besser gezielt hatte oder dass sie nicht eine Kugel mehr abgefeuert hatte, um mir sicher den Garaus zu machen. Ich kochte also in meinem Fieber und redete die Wand an und machte dem Mädchen Vorwürfe; der Arzt hatte schon die Säge in der Hand, als ein Brief die Situation noch einmal änderte. Vor meinem Bett stand eine Schwester mit einem Kuvert, sie zeigte es dem Arzt. Dieser überlegte kurz, nickte dann und zog sich zurück. Die Schwester setzte sich auf den Bettrand und fragte, ob ich sie verstehen könne. Ich war klar genug, sie begann zu lesen. Ich bekam Nachricht, dass der Bruder gefallen war. In der Ukraine, bei Charkow. »Tut mir leid«, sagte die Schwester und ergriff die gesunde Hand. Dann ließ sie mich mit der Nachricht allein. Der Bruder, dachte ich. Der Bruder. Warum er und nicht ich. Konrad, der mit so viel mehr Klarheit in den Krieg gezogen war. Der in allem klarer gewesen war. Es hatte nie einen Zweifel gegeben, dass ich mich auf ihn verlassen konnte, er hatte mich, so weit es möglich war, vor Max in der Hitlerjugend beschützt und, so gut es ging, vor dem Vater, selbst wenn er darunter zu leiden hatte. Ich wüsste bis heute nicht, was ich mehr von ihm hätte erwarten dürfen - denn umgekehrt hatte er nicht viel von mir. Ich: in meiner Unentschiedenheit, in meiner Eigenschaftslosigkeit. Wenn es für Konrad einmal bedrohlich geworden war, konnte er nicht auf mich zählen, denn ich war selten fähig, etwas rechtzeitig zu realisieren, geschweige denn rechtzeitig zu reagieren. Konrad wurde geschlagen, und ich sah nur zu, der kleine Bruder, verteidigte ihn nicht, nahm nichts auf mich, nahm ihm nichts ab. Ich war der Spätere, und ich war in allem zu spät. Vor allem aber war Konrad nie so zornesblind gewesen, mich für den Tod der Mutter verantwortlich zu machen, er hat mich nie zum Muttermörder gemacht. Sosehr ich auch überlege, es fällt mir keine einzige Begebenheit ein, und es hätte viele Gelegenheiten gegeben, in denen er dies gegen mich hätte vorbringen können; Hunderte Strafen des Vaters, die wir wegen meiner Verfehlungen hatten einstecken müssen, und niemals fiel dieser eine Satz aus seinem Mund: »Wärst du doch nur nie geboren worden.«

Die Nachricht von Konrads Tod weckte etwas in mir, von dem ich geglaubt hatte, es wäre in einen ewigen Schlaf gefallen. Lebensmut möchte ich es nicht nennen, es war eher das Gefühl, stellvertretend für den Bruder eine Verpflichtung zu haben: Wenn du schon lebst, dann mach wenigstens etwas daraus, mach irgendetwas, damit er stolz auf dich sein könnte. Denn eigentlich, das weißt du, ist der Falsche gestorben. Während des Krieges hatte ich kaum an den Vater gedacht, nie einen Impuls gehabt, ihm zu schreiben, und auch er hatte mir nie geschrieben. Doch jetzt machte ich mich mit dem Gedanken vertraut zurückzukehren, es Konrad schuldig zu sein, so wenig mir der Gedanke an eine Rückkehr an den Hof behagte. Arm und Hand blieben zwar taub, die Entzündung aber ging zurück, und der Arzt verzichtete darauf, mir die Schlange abzunehmen. »Manchmal hilft so eine Nachricht, wieder zu gesunden. Auch wenn es keine gute Nachricht ist. Andere hätten schon längst gesägt, aber ich bin kein Freund von zu großer Eile.« Der Doktor entließ mich ein paar Tage später, Züge rollten in die Heimat und nahmen mich mit, und auch Alexander, sein Assistent, machte sich bereit, das Praktikum zu beenden und an die Universität zurückzukehren. Eine solche Todesbaracke ist kein Ort, an dem man lange verweilt, weder als Patient noch als Arzt.

Als ich das Lazarett verließ, wandte ich mich noch einmal um und stand tatsächlich vor einem kleinen Palast. Weiße Mauern, kleine Türmchen, ein goldenes Dächlein und nur geringe Spuren der Zerstörung. Von so einem Haus träumt man als Kind, denke ich mir heute. Und es wäre nicht das Schlechteste gewesen, in einem solchen Haus zu sterben.

Während der Zugfahrt in die Heimat wunderte ich mich, Menschen zu sehen, die ihren gewohnten Tätigkeiten nachgingen. Da gab es welche, die lasen Zeitung; da gab es Kinder, die hinter Blechbüchsen herliefen, stürzten und sich die Knie aufschrammten, dabei laut lachend; Männer reparierten Maschinen; Brillen wurden geputzt und Uhrzeiten abgelesen; Wände wurden gekalkt; Kühe gemolken; es wurde gebetet und gestritten und bezahlt und ein Huhn in einen Korb gelegt; Milch direkt aus der Kanne getrunken; Küsse auf Wangen gedrückt; ein Schlager nachgesummt; Hüte zurechtgerückt; Kinder gestillt; Instrumentenkoffer geschleppt; es wurde sich auf die Schultern geklopft, und es wurde gekehrt, oh ja, Bahnsteige wurden gekehrt und Fahrpläne studiert; wiederum Uhren abgelesen; der allmähliche Sonnenuntergang betrachtet; es wurde an Bäume gepisst und es wurden Schafe irgendwohin getrieben, begleitet von Hundegebell. Und auch eine Natur gab es, eine Landschaft, der man nichts ansah, nicht Kiew und nicht Smolensk, nicht Charkow, wo der Bruder gefallen war. Ich konnte mich plötzlich nicht mehr sattsehen an diesen Bildern, die mir wie Trugbilder erschienen. Die ersten Anzeichen des Frühlings waren zu erkennen, Knospen, der Spargel wuchs, die Mädchen sangen tralala und *Grün grün grün sind alle meine Kleider.*

Als ich in dem Zug aus Russland saß, da bekam ich Zweifel, ob ich wirklich in diese Welt zurückzukehren wollte. Und als ich in München ausstieg, nässte die Schusswunde wieder, und ich wollte keinen Schritt mehr machen, weder vor noch zurück. Trotzdem ging ich weiter, ermahnte mich, dachte an den Bruder, keine Schwäche jetzt, August, reiß dich zusammen, und irgendwer nahm mich mit in unser Heimatdorf – ich stieg aus und stand dort, wo alles begonnen hatte und anscheinend niemals enden sollte. Der Hof wirkte so klein wie ein Spielzeughaus, Rauch stieg aus dem Schornstein, Regen kündigte sich an. Ich öffnete das Gatter und machte den ersten Schritt und schwor mir, dass dies keine Grenze mehr für mich sein würde. Hermann Unterseher, der Vater, saß in der Küche vor einer Halben Bier, das Bild der Mutter hing schief an der Wand, es roch säuerlich. Als ich die Stube betrat, abgerissen, abgemagert, sah er kurz hoch und stierte dann wieder ins Leere. »Weißt du schon Bescheid, August?«, fragte er mich schließlich leise und blickte mich erneut an. Ich nickte, da stand er stöhnend auf. Ein grauer Mann mit dem wärmenden Wams über dem Arbeitshemd. Fettiges Haar wie je, Bieratem. Er fasste mich an den Schultern, und ich zuckte unwillkürlich zurück. »Das werd ich dem Hitler, dem Sauhund, nie verzeihen«, sagte der Vater. »Wenigstens du bist mir noch geblieben, Guscht.« Er stieß auf, ich löste mich und setzte mich an den Tisch. »Ganz bin ich nicht geblieben«, sagte ich und wies ihn auf den toten Arm hin. »Aber ich werde schon was schaffen können.« Er nickte, suchte nach einem Wort, fand aber keins und verschwand aus dem Zimmer.

Am nächsten Tag kam der Doktor, etwas in die Jahre gekommen, und sah mich mit demselben Blick an wie an dem Tag, als mich der Vater fast totgeschlagen hatte. Doch er hatte mich noch immer wiederhergestellt, der Doktor, und auch die erneute Entzündung bekam er in den Griff, bis die Wunde endlich abgeheilt war.

Ein paar Wochen vergingen: Ich half, so gut ich konnte, am Hof. Für die Zahlen fehlten dem Vater mittlerweile die Geduld und das Sehvermögen, sodass ich anfing, mich darum zu kümmern. Die Bilanzen sahen schlimm aus, aber es war sowieso eine Ausnahmesituation. Es herrschte auch auf den Höfen Kriegswirtschaft, die Bauern waren tief gespalten in ihrer Doppelrolle, Ernährer für das Volk zu sein und gleichzeitig Krieg führen zu müssen. Die größte Schwierigkeit bestand darin, dass wir nicht wussten, wie wir die Ernte im Sommer einholen sollten, wenn man uns nicht noch mehr Arbeitskräfte zuteilen würde. Es ging jedem Bauern im Umkreis so, die Söhne waren fort oder tot, den älteren Bauern schwanden die Kräfte und Nerven, und ihre Frauen mussten alles sein: Versorgerinnen, Schwarzhändlerinnen, Feldarbeiterinnen, Melkerinnen, Buchhalterinnen, Psychologinnen, Erzieherinnen, Haushälterinnen und Politikerinnen im Hintergrund. Eine Frau aber gab es bei uns am Hof schon lange nicht mehr, nur ein schiefes Bild an der Stubenwand und bei mir nicht einmal das: eine Erinnerung.

Kriegsgefangene wurden uns in Aussicht gestellt, aber dem Vater war nicht wohl bei dieser Sache, selbst wenn er die Notwendigkeit einsah. Er trank viel, doch er war gar nicht so einsam, wie ich dachte. Die Bauern ließen ihre Animositäten weitgehend ruhen und entwickelten einen Gemeinschaftssinn, der über das mir bekannte Stammtischgerede hinausging. Sie machten Arbeitspläne, liehen sich gegenseitig ihre Gerätschaften, ohne zu murren; manche verbargen ihre ablehnende Haltung gegenüber dem Regime nur halbherzig, aber das war noch immer gefährlich, es gab noch genug Enthusiasten und Träumer des großen Triumphes, der doch so kurz bevorstehen sollte. Der Vater war jedenfalls mehr in die dörflichen Angelegenheiten eingebunden, sein Wort war nicht mehr das eines Zugezogenen, und das schien ihm Auftrieb zu geben.

Eines Abends, er hatte das eine Bier zu viel getrunken, verwandelte sich der Vater in den Hermann Unterseher meiner Kindheitstage und drohte mir Schläge an, sprach zu mir wie zu einem kleinen Jungen. »Bist nie bei der Sache, nie, nie, nie. Spazierst am liebsten unnütz im Wald umher, oder? Aber ich prügel das schon noch aus dir raus.« Ohne Eile ging ich in mein Zimmer, holte die Luger, die ich mir besorgt hatte, aus dem Versteck und kehrte in die Wohnstube zurück, als hätte ich nur eben etwas vergessen, das ich dem Vater noch zeigen wollte. Ich zielte auf ihn und machte ihm klar, dass es mir keineswegs schwerfallen würde, ihn auf der Stelle zu erschießen, und so war es auch. Ich drückte ab und zerschoss einen Krug neben ihm, und da schien der Vater erst zu begreifen, als er mich mit versoffenen Augen ansah, dass er kein Kind mehr vor sich hatte. Er begann zu zittern, ein klein wenig Angst um sein Leben schien er noch zu haben. »Geh jetzt ins Bett«, sagte ich, und er gehorchte.

Wahrscheinlich war das der Moment, in dem sich die Verhältnisse verkehrten, denn danach wurde es zur Regel, dass der Vater sich mit mir besprach und ich in mancher Sache sogar die Richtung vorgab. Er wurde zahmer, ohne allerdings jemals nach dem Krieg und meinen Erlebnissen zu fragen. Er trank nur noch außer Haus, aber das alles war nicht mehr wichtig für mich, ich war anwesend und abwesend zugleich, war unendlich müde und spulte das Pensum ab wie ein alter Gaul mit einem lahmen Bein. Den Vorsatz, Konrad stolz zu machen, an seiner statt etwas zu schaffen, hatte ich verloren, ich weiß nicht mehr, wann und wo genau; vielleicht bereits während der Zugfahrt, spätestens bei meiner Ankunft am Hof, als ich das Gatter öffnete, als sich der Regen ankündigte.

Etwas Aufheiterung und Aufmunterung erfuhr ich durch einen Besuch des Maifräuleins. Sie machte ihrem Kosenamen alle Ehre, war also gewissermaßen pünktlich, hatte aber schlechte Neuigkeiten, denn der Großvater war verstorben. Sie wollte uns, also Konrad und mir, ein paar Erbstücke bringen, einen Füllfederhalter, ein paar alte Münzen. Von Konrads Tod hatte sie noch nicht gehört und war bestürzt – sie beschloss, einen Tag länger zu bleiben, und der Vater hatte nichts dagegen. Nachdem ich mit der Pistole auf ihn gezielt hatte, brachte er seine einsetzende Altersmilde oder Lebensmüdigkeit, so genau war es nicht zu unterscheiden, jetzt immer häufiger mit dem Satz »Is' auch scho wurscht« zum Ausdruck, und so war es auch hier. Sie blieb, wir machten am Abend einen langen Spaziergang, und sie war die Erste und für lange Zeit Einzige, die mich nach dem Krieg fragte. Die Magie des Maifräuleins: Ihr konnte ich davon erzählen und später niemandem mehr, meiner Frau nicht, meiner Tochter nicht – stotternd, zusammenhangslos, aber immerhin, es verfehlte seine Wirkung nicht. Danach fühlte ich mich tatsächlich leichter, als hätte ich ein paar Bröckchen meines verkorksten Lebens abgeben können und hätte dafür zwar nichts bekommen, aber nichts war immer noch viel besser als weiterer Ballast. Ich wollte nichts mehr ansammeln, das war alles, keine Erfahrungen, keine Erlebnisse, keine Münzen.

Wir sprachen natürlich auch über Konrad und lachten über seinen Wagemut: wie er sich beim Feuerspucken einmal kräftig versengt hatte und doch nicht davon abließ; seine Geduld beim Jonglieren; seine Natürlichkeit, so nannten wir es wohl, und ich konnte um ihn weinen an diesem Abend, das erste Mal.

Tante Lena war wie immer. Ich hatte sie Jahre nicht gesehen, doch in meiner Erinnerung kann ihr die Zeit ohnehin nichts anhaben. Sie ist immer dieselbe junge Frau mit diesem neugierigen Blick, der die Menschen aufschließen kann, ob sie das wollen oder nicht. Und meistens wollen sie ja nicht, das ist die Krux. Nachdem sie abgereist war, fühlte ich mich nicht mehr ganz so taub. Weil mir nichts anderes einfiel, nahm ich doch wieder ein Heft zur Hand und fing an, Paul zu imitieren, indem ich mir Namen für allerlei Sachen und Eindrücke überlegte, die in meiner Welt noch keinen Namen hatten. So versuchte ich so gut es ging, die Geräusche und Aromen des sich anbahnenden Sommers zu unterscheiden, versuchte Namen dafür zu finden und sie zu notieren. An zwei kann ich mich noch erinnern: kamillenreich und ährenvoll. Je länger der Besuch der Tante zurücklag und je mehr die Aura des Maifräuleins damit wieder verblasste, desto lustloser kritzelte ich ins Heft, bis ich vor der anstehenden Ernte beschloss, das Büchlein zu verbrennen.

Die Dämmerung setzte ein, und ich entfachte ein Lagerfeuer, der Geruch des brennenden Holzes hätte mir gut und gerne eine neue Wortschöpfung einflüstern können, doch ich war es leid. Legte das Büchlein in die Flammen und fühlte nichts dabei. Ich war auf einer Art Spielplatz der Dorfjugend, wo sie Handstände probten und auf Blechbüchsen schossen. Außerdem hatten sie mit einem verschlissenen Autoreifen eine Seilbahn gebaut. Zwei Hügel hatten sie aufgeschüttet, darauf jeweils einen Holzpfeiler in den Boden gerammt, ein Seil gespannt und den Reifen daran befestigt. Nun konnte man, darauf sitzend, vom einen Ende zum anderen fahren. Ich probierte es aus, hievte mich mit der gesunden Hand auf den Reifen, die Konstruktion hielt kaum mein Gewicht, ich touchierte während der Fahrt immer wieder den Boden, doch es funktionierte. Hin und her und her und hin ließ ich mich gleiten, auf meinem

Perpetuum mobile, von einem Ende zum anderen, und wenn es einem Menschen möglich war, nicht zu denken, dann war das ein solcher Augenblick. Ich hätte das bis in alle Ewigkeit weitermachen können, und bei der nächsten Fahrt hatte ich Paul neben mir, das Gesicht ganz nahe an meinem, ich spürte die Reibung unserer Körper. Er schien glücklich zu sein, er lächelte, doch er blieb stumm. Die nächste Fahrt gehörte Isa und mir, sie umklammerte mich mit ihren Armen, es duftete nach ihr; ihre Haare, sie waren lang geworden, kitzelten meine Wangen. »Der sicherste Ort der Welt«, flüsterte sie. Als ich wieder aufblickte, war sie verschwunden, und ich bemerkte, dass sich an beiden Hügeln jeweils eine Menschenschlange gebildet hatte. Sie alle wollten mit mir einmal von der einen Seite zur anderen gleiten. Max stand da in vorderster Reihe und dahinter russische Soldaten in ihren Uniformen und auf der anderen Seite in russischer Tracht gekleidete Männer und Frauen und Kinder; nur in Lumpen gekleidete Männer und Frauen und Kinder; nackte Frauen und Männer und Kinder. Ich fuhr mit Konrad, der sich zu freuen schien, mich zu sehen, gleichzeitig aber wirkte er abwesend, wich meinem Blick aus, sagte nichts. Der Nächste war ein russischer Soldat, in dessen Augen ich das Spiegelbild des Lagerfeuers sah, er drückte sich gegen mich, und es fiel mir schwer, das Gleichgewicht zu halten und nicht vom Reifen zu fallen. Daraufhin noch ein russischer Soldat, nach ihm ein dürrer Junge von vielleicht vierzehn Jahren, ich war ganz damit beschäftigt, nicht vom Reifen zu stürzen. »Du gehörst zu uns«, sagte der Junge. »Ich weiß«, sagte ich und war bereit loszulassen, da erlosch das Lagerfeuer, und mit ihm waren all die Wartenden verschwunden.

Ich machte mich auf den Heimweg, und zurück am Hof

hatte der Vater eine Neuigkeit für mich, er war gerade von einem seiner Dorfabende zurückgekommen: Kriegsgefangene waren für uns abgestellt worden, um die Ernte einzufahren. Ausländereinsatz. Namen hatte er vergessen, und er wirkte nicht glücklich, drei Fremde an seinem Hof zu haben.

Das ist die Schönheit der Welt

Sommer 1942. Das Arbeitsamt schickte uns drei Aushilfen an den Hof. Hanna, eine Polin, gerade in Bayern angekommen. Die Haare wegen Lausbefall gestutzt. Ein goldenes Kruzifix um den Hals, sie berührte es oft mit einem stummen Gebet auf den Lippen. Ich erinnere mich noch, dass sie schielte und stets an mir vorbeischaute, wenn sie mit mir sprach, was mich verunsicherte. Ihr Deutsch war passabel, aber sie war verschlossen, von einem heiligen Ernst erfüllt. Antonina war beinahe noch ein Kind, sechzehn vielleicht, sie sagte kein Wort, irgendetwas hatte ihr die Sprache verschlagen – sie war aus der Ukraine, was dem Vater zusetzte. War das nun der Ersatz für den älteren Sohn? Sollte das Absicht sein, um ihn zu quälen? Und da war noch Andrei, ein Russe. Laut Personalblatt wog er nicht viel mehr als 50 Kilo. Er hatte drei Monate in einer Holzstoff-Fabrik hinter sich und war dort nicht mehr zu gebrauchen, körperlich zu schwach. Er wurde zunächst für acht Wochen zum Aufpäppeln bei uns abgestellt, durfte bei uns übernachten, obwohl er Russe war. Man hatte ihn für *untauglich* befunden, was nichts anderes besagte, als dass er ruhig an unserem Hof sterben durfte, er war ja nicht einmal die 200 Gramm Fleisch pro Woche wert, die ihm zustanden.

Der Vater sah sich getäuscht, veralbert, sollte das die Strafe für die Aufmüpfigkeit der Bauern sein? »Not, Leid und Elend haben sie uns geschickt, um die Ernte einzufahren.« Der Vater ging ins Dorf und tobte, doch es blieb dabei, die Zivilarbeiter waren verteilt, und die meisten Bauern waren froh, überhaupt jemanden zu haben. »Wie soll dieses Gerippe dreschen? Wie soll er eine Maschine bedienen?«, fragte der Vater, doch zu unserem Glück war sein Zweifel unberechtigt. Bereits nach wenigen Tagen war Andrei in der Lage, uns zu helfen. Wir scherten uns nicht um die Rationsvorschriften und gaben Andrei, was wir konnten, es blieb uns nichts anderes übrig. Er war ohnehin ein Hänfling, und unsere Kost schlug gut bei ihm an. Als seine Lebensgeister allmählich zurückkehrten, bekamen wir einen Eindruck davon, um wen es sich da handelte: um einen hellwachen, blitzgescheiten jungen Mann. Frech war er, er nahm sich nach einer kurzen Eingewöhnungszeit Dinge heraus, die Konrad und ich uns nie getraut hätten. Und was machte der Vater? In einer Art großväterlicher Zuneigung ließ er ihm seine Narrenfreiheit, lächelte gar manchmal, ohne dass er natürlich davon absah, alles noch viel besser zu wissen. Andrei schüttelte den Kopf, als er unsere Maschinen sah. »Altes System«, sagte er und strich sich über die Augen und die markanten Augenbrauen. Er plante sogleich die Führung der Regenrinnen um, sodass wir mehr Regenwasser speichern konnten. »Optisch so besser«, sagte er. Sonntags studierte er stundenlang den Motor des Bulldogs und die Funktionsweise des Dreschwagens, er bekam ein Heft von mir und machte sich Notizen, fertigte Zeichnungen an, rechnete und plante unentwegt. Jeden Tag wollte er mir erklären, wie man alles besser machen könnte, und beim Artikulieren des ersten Wortes bereits zuckten die Augen, hing der Mund plötzlich schief, das Gesicht kapitulierte vor der unlösbaren Aufgabe, das alles in einer fremden Sprache auszudrücken. Lichtbogen, Rubel, Heizung, System, Elektrizität, Dynamo. Das verstand ich, und dazwischen verstand ich kein Wort und verstand auch die Zeichnungen nicht, die er mir unter die Nase hielt. Ich solle ihm die deutsche Sprache lehren, bat er mich, und er würde mir das Spiel der Logik beibringen, was immer das bedeuten mochte. Und so hielten wir es.

Die Arbeitstage begannen um vier, manchmal um drei Uhr morgens, wir hatten keine Zeit zu verlieren, und da wir die großen Maschinen leihen mussten und uns gegenseitig auf den Höfen aushalfen, blieb uns nichts anderes übrig, als von frühmorgens bis spätabends zu arbeiten. Für Antonina war die Feldarbeit eine Qual, stumm nahm sie alles hin, nur zu Hanna fasste sie langsam Vertrauen, legte sich abends auf ihren Schoß und schlief sofort ein. Im Schlaf zitterte sie und brabbelte vor sich hin, erst jetzt wussten wir, dass sie überhaupt sprechen konnte. Andrei schien nicht aus Haut und Knochen zu bestehen, aus Leder vielleicht oder Kautschuk. Er wog nicht viel mehr als ein Schulkind, doch die Arbeit machte ihm nichts aus, mit nacktem Oberkörper fuhr er mit dem Bulldog über das Feld, schleppte Säcke mit der Aufschrift UNTERSEHER, er war wie ein Kobold, und eigentlich war er ein Riese, neugierig blitzten die Augen, verschmitzt lächelte er. Wenn ich mit dem Vater aneinandergeriet, faltete er die Hände wie zum Gebet, und wir beruhigten uns wieder. Ich konnte verstehen, warum der Vater ihn mochte – und langsam verstand ich, warum er von der Arbeit seiner Söhne stets enttäuscht gewesen war. Konrad und ich, das fiel mir am Schrannentag 1942 auf, als wir bei einem Bier zusammensaßen (die Ostarbeiter an einem Extratisch), wir hatten nie diese Begeisterung für die Landwirtschaft gezeigt. Wir hatten hart gearbeitet, und das Regime des Vaters war streng genug, um nicht nachlässig zu werden. Aber vermutlich war uns bei jedem Handgriff, in jedem Gesichtsausdruck anzumerken gewesen, dass wir auf etwas anderes hofften. Und dieses andere war nicht aus uns herauszuprügeln, vermutlich aus keinem Menschen, wenn man ihn nicht gänzlich brach. Jetzt war da dieser Andrei, der Zeichnungen von Melkmaschinen auf das Papier kritzelte und an den Sonntagen daran bastelte. Der sich für alles begeistern konnte, was auf dem Hof stattfand, und vor allem für das, was noch nicht stattfand, aber unbedingt in naher Zukunft stattfinden sollte. Er lernte schnell Deutsch, hatte keine Angst vor Fehlern und entwickelte seine ganz eigene Ausdrucksweise. Nur ich tat mich mit seinen Lektionen schwer. Dass Mathematik etwas anderes war als das große Einmaleins, das begriff ich nur zögerlich, denn ich hatte keine große Lust, überhaupt noch etwas zu lernen. Aber als ich es verstanden hatte, fühlte ich mich an den Blick des Kolkrabens im Wilhelminum erinnert. »Das, August, könnte was sein!« Und wieder wurde ich von jemandem beschenkt, ohne etwas dafür getan zu haben.

Als wir die Ernte eingefahren hatten und die Abende ruhiger wurden, malte Andrei abends mit einem Stock ein Quadrat in den Sand, darin mittig eine horizontale und eine vertikale Linie, sodass vier gleichgroße Felder entstanden. Auf die Linien malte er ein x, ein y, ein x' und ein y'.

»Einige neue Pfannkuchen von Hanna sind bärige Pfannkuchen«, sagte er. – »Was?«, fragte ich. Er nahm einen Kuhfladen und legte ihn in das Feld links oben. Es dauerte eine Weile, bis ich verstand. Das x stand für die Menge der neuen Pfannkuchen, frisch duftend, gerade erst von Hanna zubereitet. Das y stand für »bärig«, womit Andrei wahrscheinlich zum Ausdruck bringen wollte, dass die Pfannkuchen lecker waren. Der Kuhfladen im linken oberen Feld beschrieb also die Menge der Pfannkuchen, die zugleich neu und lecker, also bärig waren. Jetzt sollte ich einen Kuhfladen in das untere rechte Feld legen, das Feld von x' und y'. »Was ist los da?«, fragte mich Andrei. Ich musste überlegen, bis es mir dämmerte. Wahrscheinlich war das nun das Feld für alte Pfannkuchen, die nicht mehr bärig waren, also nicht mehr schmeckten. Als ich meine These leise vortrug, tippte sich Andrei mit dem Zeigefinger an den Kopf und sagte: »Das ist Logik!«

Wir kamen nun täglich zu diesem Spielfeld zurück, erweiterten es sogar, als ich mich sicherer fühlte, auf acht Felder, was unsere Pfannkuchen aus getrocknetem Kuhmist nicht nur neu und bärig, sondern auch bekömmlich machte. Andrei brachte mir auf diese Weise die ersten Syllogismen bei und erklärte mir, was ein Trugschluss ist; er erzählte von der Quadratur des Kreises, von sich fortpflanzenden Kaninchen (Fibonacci-Zahlen) und einer ziemlich berühmten, weil uneinholbaren Schildkröte. Auf die Frage, woher er das alles wisse, geriet seine Mimik wieder außer Kontrolle, doch ich konnte mir so viel ableiten, dass er ein studierter Ingenieur war, aufgewachsen in einer Fleischsowchose irgendwo in der südöstlichen Steppe der Sowjetunion. Sein Ideeneifer kannte keine Grenzen, und ich ahnte, dass es in dieser Situation für ihn besser war, auf unserem Hof zu sein, vielleicht sogar seine Rettung, und gleichzeitig wurde ihm jeden Tag vor Augen geführt, was er alles verloren hatte. Er ließ sich das aber nicht anmerken, seine einzige Sorge war, dass er in die Fabrik zurückmusste, doch die Wochen verstrichen, ohne dass wir eine entsprechende Nachricht bekommen hätten.

Da die Arbeit weniger wurde, wagte ich es eines Tages, Antonina und Andrei nach München mitzunehmen. »Unzulässige Mitnahme« nannte das die Gestapo, das war mehr als leichtsinnig, doch Andrei hatte mich mehrfach darauf angesprochen, und ich verspürte ebenfalls den Wunsch, wieder einmal die große Stadt zu sehen. Ich hatte mir eine Geschichte zurechtgelegt, die ich erzählen würde, sollte uns eine Patrouille aufhalten: wichtige Besorgungen, Reparaturen, Handarbeiten, Kleidung für den Winter, Vater krank, unabkömmliche Hilfe. Ob das reichen würde, wusste ich nicht, ohnehin hatte ich mein Gespür für Gefahr und Grenzüberschreitung an der Front zurückgelassen. Wir radelten los, die Bäume verloren die Blätter, Antonina zeigte ihr gequältes Lächeln, Andreis neugierige Augen kartografierten den Weg, den schwindsüchtigen Herbstwald, die plötzlich auftauchende Peripherie der Großstadt. Es war nicht so, dass ihn das beeindruckte, denn er war schon einmal in Moskau gewesen, und München musste im Vergleich dazu kleinstädtisch wirken. Am Marienplatz angekommen, stiegen wir die Stufen des Alten Peter nach oben, der trotz des jüngsten Luftangriffs und einer generellen Alarmbereitschaft geöffnet war. Von dort oben hatten wir eine herrliche Weitsicht, Fönlage, die Alpen waren zu sehen. Die zwei Hauben der Frauenkirche, das funkelnde Dächermeer, rauchende Schlote, geschäftiges Treiben am Viktualienmarkt, Straßenbahnen und Omnibusse fuhren, überall ratterte und knatterte es. Andrei ließ den Blick schweifen, ruderte mit den Armen und rief mir zu: »Mein Blick querspazierend sagt mir: eine Stadt wie jede andere.« Vielleicht wollte er damit sagen, dass er bereits die Zerstörung sah, die verwundete Stadt, auch München würde es bald so ergehen wie London, Kiew und Smolensk und Stalingrad. Bei mir war es jedenfalls so: Ich konnte diese gewaltige Ansammlung von Häusern und Straßen - insbesondere aus der Vogelperspektive - nicht mehr anders als in ihrer Gefährdung sehen. Ich hatte in diesem Moment zwei Bilder von München vor Augen, das scheinbar idyllische, sonnengeschmeichelte und dann das Bild einer verbrannten Stadt, Häusergerippe und verkohlte Fahrzeuge, Schuttberge, Rauch und Flammen. Das bin ich seit dem Krieg nicht mehr losgeworden. Immer wenn ich auf dem Weg in den Urlaub mit dem Flugzeug zur Landung ansetzte und ein Häusermeer unter mir ausmachte, sah ich ein Inferno kommen, und mir brach der kalte Schweiß aus.

Ich musste den Blick abwenden: Antonina stand neben mir, und ich konnte ihr Gesicht eine Weile studieren, ohne dass sie meiner gewahr wurde. Sie nahm alles gierig auf, die Augen glänzten, die Lippen vibrierten, vermutlich hatte ich sie in den Zustand einer großen Überwältigung manövriert, so wie Paul und sein Vater mich, als sie mich vor Jahren nach München mitgenommen hatten. Ob das gut für Antonina war oder schlecht, das wusste ich nicht, ich konnte es noch nicht einmal für mich beantworten.

Als wir die Kirche verließen, waren wir unvorsichtig, wir sahen den Trupp Schwarzuniformierter zu spät. Sie liefen Patrouille, nicht weit von uns, und als sie uns bemerkten, einen Krüppel, einen Kobold und eine stumme Prinzessin, blieb einer von ihnen stehen, er machte die anderen auf uns aufmerksam, dann steuerten sie auf uns zu. Antonina begann zu zittern, Andrei flüsterte ihr etwas zu. Sie hielten vor uns, ernste Mienen, sie waren so jung, der eine trat ein paar Schritte vor, und ich rechnete damit, dass sie uns jetzt mitnehmen würden, wollte schon meine Erklärung abgeben, wichtige Besorgungen, Reparaturen, Handarbeiten, Kleidung für den Winter, Vater krank, unabkömmliche Hilfe, doch der Mann salutierte nur, deutete auf meinen zerschossenen Arm und rief: »Wo ist das passiert, Kamerad?« – »Ostfront«, nuschelte ich. – »Das Vaterland wird's dir danken!

Heil Hitler!« - Die Hacken zusammengeschlagen, und schon marschierten sie weiter.

Am Viktualienmarkt fühlte ich mich an Isa erinnert, an ihre Waren und Listen und kühnen Berechnungen, von denen nicht eine gestimmt hatte. Schon auf dem Hinweg hatte ich sie vor mir gesehen, das Kind der Lüfte auf dem Fahrrad, irgendetwas transportierend, »Leerfahrten sind überflüssige Fahrten«, die Schuhe, die Flaschen, die Kleidung. Wo war sie jetzt? Nicht hier, das war sicher. In dieser Stadt der Hakenkreuzflaggen, der Springbrunnen und Spazierstöcke und Schuhhäuser, in denen es keine Schuhe mehr gab. Hier hatte sie kein Geschäft mehr zu machen. Ein Zeitungsverkäufer rief etwas von einem Löwenbaby und »Eintopf für alle!«; ich erblickte ein Plakat, das mich stutzig machte. Darauf stand etwas von Ausbildungsmöglichkeiten für Kriegsversehrte, kaufmännische Berufe, und ich murmelte vielleicht: »Das wäre ja was«, bis ich es kurz darauf wieder vergaß.

Ein paar Straßen weiter blieb Antonina vor einer Litfaßsäule stehen und betrachtete ein Kinoplakat, irgendeine Romanze, da sprach sie plötzlich, sagte die ersten Worte, seit sie bei uns war: »Ze krasa switu.« Was das denn bedeute, fragte ich Andrei, und er meinte schulterzuckend: »Das ist die Schönheit der Welt.« Womöglich hatte er sie missverstanden, weil sie ukrainisch sprach, womöglich hatte sie, vor Zarah Leander oder sonst einem Sternchen stehend, gesagt: »Das ist die Schönste der Welt«, aber ich konnte mir nicht sicher sein.

Wir mussten aufbrechen, es waren zu viele Uniformierte unterwegs, es war kein Tag zum Flanieren und Staunen, über allem lag eine graue Staubschicht aus Unsicherheit und Angst. Auf der Rückfahrt sprachen Antonina und Andrei unablässig miteinander, sie ließen mich jedoch nicht an ihrem Gespräch teilhaben, und ich hing den eigenen Gedanken nach.

Antonina stammte aus einer kleinen Stadt, und eines Tages hatte der Bürgermeister ausgerufen, man solle sich freiwillig melden und nach Deutschland gehen, und als sich niemand meldete, wurde Druck gemacht, und Familien mit mehr als drei Kindern mussten eines abgeben. Antonina war achtzehn, das zweitälteste von sechs Kindern – das älteste wollte man nicht gehen lassen, und die anderen waren zu jung, also traf es sie, so einfach war die Rechnung. Morgens erfuhr sie davon, abends wurde sie mit ihrem Bündel abgeholt. Die Mutter hatte geweint, der Vater war im Krieg oder verschleppt oder längst tot. An diesem Tag hatte sie beschlossen, nicht mehr zu sprechen, vielleicht würde sie dann gleich wieder zurückgeschickt, da man sie nicht brauchen konnte. Doch die deutsche Volkswirtschaft brauchte sie, auch stumm, das hatte sie mittlerweile eingesehen.

Die Frühwintertage am Hof wurden ruhiger, und der Vater erlaubte Andrei, mit anderen Fremdarbeitern Karten zu spielen, solange sie sich nicht erwischen ließen. Einmal stand die Gestapo bei uns in der Wohnstube, sah, dass die drei Fremdarbeiter mit bei uns am Tisch aßen, was eine schwere Rüge zur Folge hatte und die Replik des Vaters: »Wer für mich schafft, sitzt an meinem Tisch.« Mehr als gerügt wurde aber nicht, jeder Hof war kriegsdienlich und kriegswichtig. Ich wusste, da ich Buch führte, dass wir erheblich mehr von der Ernte für den Eigenbedarf zurückbehalten hatten, als uns eigentlich zugestanden hätte, wir mussten uns vor dem Winter nicht sonderlich fürchten. Im Vergleich zu meinem Winter an der Ostfront lebten wir im Paradies, ganz zu schweigen von den Soldaten, die gerade in Stalingrad eingekesselt waren und angeblich, schallte es aus dem Volksempfänger, von einer Luftbrücke ausreichend versorgt wurden und kurz davor waren, den Sieg davonzutragen. Wir jedenfalls hatten alles, was wir brauchten, hatten sogar in einem Tauschgeschäft von einem anderen Hof ein paar Flaschen Holunderbrand erhalten, was vor allem Andrei freute, der schon lange keinen Schnaps mehr getrunken hatte. »Deshalb es geht mir so schlecht«, sagte er und lachte. Andrei wurde nicht müde, mich auf Trab zu halten, meine Lethargie konnte er nicht ertragen. Wenn der Vater zu Bett gegangen war, wusste er ihn vorzüglich zu imitieren, vor allem die mal schmatzende, mal röhrende Atmung des Vaters und die Zeitlupenhaftigkeit der Bewegungen - das waren bereits erste Anzeichen der Krankheit, die seinen Körper allmählich auffraß. Andrei lernte außerdem zu fluchen und war dabei sehr erfindungsreich. »Gumpenprotz«, nannte er mich einmal oder »Gschdingada«, und ich weiß nicht, von wem er das hatte, jedenfalls konnte er mich damit nicht foppen, da er es dreimal wiederholen musste, bis er es hinbekam und ich überhaupt verstand, was er meinte, und bis dahin lachte er sich halb tot. Wir hatten eine seltsame Beziehung, Andrei und ich. Wir gingen freundschaftlich miteinander um, er brachte mich zum Lachen, er wollte mich aufwecken, und doch blieb alles wie ein Spiel, bei dem nur er etwas verlieren konnte.

Als ich eines Morgens - es war bitterkalt, und Raureif lag auf den Wiesen - einen Spaziergang machte, wurde diese Ahnung zur Gewissheit. Am Ufer eines Teichs hatte man einen Mann an einem Baum aufgeknüpft und ihn hängen lassen. Um den Hals ein Schild mit der Aufschrift »Ich bin ein Schädling«, die Farbe durch die Feuchtigkeit schon verlaufen, dasselbe in polnischer Übersetzung. Die Kleidung des Toten war mit winzigen Eiskristallen bedeckt, sein Gesicht blau verfärbt, sachte bewegte sich der Körper im Wind, eine seltsame Frucht. Augenblicklich waren die Kriegsbilder wieder da, an Bäumen pendeln gehängte Frauen und Männer, ich sehe den üblichen Aushang für die Bevölkerung, »dies dient zur Warnung«, und neben mir ein zugefrorener See, darauf steht ein zur Eissäule erstarrter nackter alter Mann, ein Instrument in der Hand. Wunderlicher Alter, der spielt nicht mehr, und ich hatte diese Namen im Ohr wie ein Mantra: Minsk Smolensk Moskau Minsk Smolensk Moskau. Das war nicht weit, das war auch hier. Und ich war dort, und ich war hier, ging zu der Leiche und schnitt sie mit einem Taschenmesser vom Baum, das hatte ich schon einmal gemacht, zweimal, dreimal, viermal, ich wusste es nicht mehr. Ich hatte schon zu viel gesehen und zu viel getan, und sollte ich gedacht haben, dass der Krieg vorbei war, dass ich ihm entkommen war, dann sah ich mich getäuscht. Durch Andrei hatte ich so etwas wie einen neuen Antrieb verspürt, vielleicht sogar neuen Mut gefasst, aber hier, bitte, August, der hier am Baum hätte Andrei sein können, und der, der ihn dort aufgeknüpft hat, das warst nicht du, aber du warst es gewesen, der jemanden wie ihn aufgeknüpft oder erschossen hatte, das war nicht lange her. Der Körper des Mannes war so leicht wie der eines Kindes, trotzdem konnte ich ihn mit nur einem Arm kaum wegtragen (und wohin hätte ich ihn bringen sollen). Ich hatte ihn schon einmal gesehen, es war ein polnischer Fremdarbeiter, mit dem Andrei Karten gespielt hatte. Ich schleifte den Toten ein paar Meter vom Baum weg und stocherte mit einem Stock im Boden, wollte prüfen, ob die Erde weich genug war, um den Mann zu begraben. Da ließ mich eine laute Stimme innehalten, und ich sah die Winteruniformen der Hitlerjugend um mich herum, anscheinend hatten sie wieder einen Feld-, Wald- und Wiesentag. Ein junger Mann, der allerdings deutlich älter war als der Rest seiner Gefolgschaft, hochroter Kopf, vermutlich der Nachfolger von Max, fragte mich irgendetwas, aber ich hatte Mühe, ihn zu verstehen. »Verschwinde endlich, wir kümmern uns um das da«, war der erste Satz, den ich ausmachen konnte. Ich überließ ihnen den Toten und ging nach Hause, warf mich aufs Bett und wollte nichts mehr sehen und hören, als Andrei an die Tür klopfte, eintrat und mit dem Zeigefinger auf eine Flasche tippte. Der gute Holunderbrand. »Heute ein guter Tag dafür«, und er hatte wie immer recht.

Der Vater war unterwegs, Hanna und Antonina nähten, Andrei und ich gingen in den Stall und betranken uns, es war um die Mittagszeit. Die Geister des Morgens zogen sich mit jedem Schluck ein wenig mehr zurück, dachte ich. Andrei fing an, mich in seinem bairisch-russischen Kauderwelsch zu beschimpfen, und anfangs lachte ich mit, und später grölte ich mit. Irgendwann war das Maß allerdings voll, es war nicht mehr lustig, und Andrei hörte einfach nicht auf, wechselte in die Muttersprache, und russische Wörter flogen mir um die Ohren, von denen ein jedes mir sagte (obwohl ich keines davon verstand), wie klein und faul und dumm ich bin. »Du bist es nicht wert, dass man dir etwas beibringt, dass man sich Mühe mit dir gibt, denn du wirst es ja nie, nie, nie begreifen, Dummkopf!« Ich bat ihn, aufzuhören, doch er ließ nicht locker, leerte die zweite Flasche, wischte sich mit dem Ärmel den Mund ab und grinste mich an, wie man einen Idioten angrinst, um ihm seine ganze Unterlegenheit vor Augen zu führen. Andrei tanzte durch den Stall und schimpfte und lachte und hörte nicht auf damit. »Bier!«, rief er nun. »Wurst!« – »Schweinchen

Fritz!« Ich drohte ihm, die Pistole zu holen und diesem Treiben ein Ende zu setzen, doch das stachelte ihn nur noch weiter an. »Schieß doch, Guschti, schieß doch!« Ich war nicht betrunken genug, ihm diesen Wunsch zu erfüllen, aber dieses »Schieß doch« brachte mich auf eine Idee, oder vielleicht war es auch nur eine Reaktion auf das, was ich am Morgen erlebt hatte, die Geister waren wieder da. Was wäre, ging es mir durch den Kopf, wenn ich Andrei so weit bringen könnte, dass er *meinem* Treiben ein Ende setzte? Wenn ich den Spieß umdrehte? »Wie steht es um den Russen?«, rief ich. »Geistig und seelisch tiefer stehend als jedes Tier. Primitiv und gemein, eine furchtbare Kreatur.« Das ließ ihn verstummen und hatte tatsächlich den gewünschten Effekt. »Lässt sich abschießen wie ein Karnickel.« Andrei antwortete mit einer Drohgebärde. »Du bist der Untermensch, sonst nichts«, schrie ich ihn an und stürzte mich auf ihn, was mit einer Hand und in meinem Zustand schier unmöglich war, doch Andrei war nun sehr wütend (war er es wirklich?) und wehrte sich. Ich hielt ihn kurz mit dem gesunden Arm im Würgegriff, er schnappte nach Luft, konnte sich aber leicht daraus befreien und schaffte es ohne Mühe, seinen Arm dann um meinen Hals zu legen. Er drückte zu. Er drückte zu, und ich ließ alles los in der Hoffnung, er würde mir den nächsten Tag und alle weiteren ersparen.

Es war nicht schwarz um mich herum, und es war nicht weiß, es war kein Licht, und es war kein Schatten, es war nicht laut, und es war nicht leise, es war in allem ein Dazwischen, ein Friede, es war der Anflug der Idee, dass man die tägliche Mühsal auch hinter sich lassen konnte und dass es nicht schlimm war, denn es gab da jemanden, der einen aufnahm, der einem nicht böse war, der ohnehin schon alles gesehen hatte, was Menschen tun und sich antun können. Kein Richter war nötig, es war kein Oben, und es war kein Unten, es gab kein Richtig, und es gab kein Falsch.

»Das ist die Schönheit der Welt!«, sagte ich, als ich wieder zu Bewusstsein kam, Andrei half mir auf, und wir umarmten uns. Es wurde später eine Losung zwischen uns, wir unterzeichneten unsere Briefe damit oder, wenn wir uns trafen, sagten wir zur Begrüßung oder zum Abschied weder »Guten Tag« noch »da svidànija«, sondern immer: Ze krasa switu. Das ist die Schönheit der Welt.

»Fest war nicht schlecht«, sagte Andrei und schleuderte die beiden leeren Flaschen gegen die Stallwand, sie blieben ganz. »Deutschen können feiern, sie müssen nur wollen.« – »Wer bist du?«, fragte ich Andrei. – »Genau der, der ich für dich sein muss«, gab er zur Antwort.

Ich erzählte niemandem etwas von dem Vorfall im Stall, Andrei blieb bei uns am Hof bis zum Kriegsende und noch ein paar Wochen darüber hinaus, bis er wieder nach Russland zurückkehrte. Wenn es das gibt, eine Freundschaft fürs Leben, dann hatte ich sie gefunden, aber das wusste ich nach unserem *Fest* noch nicht. Denn, das machte alles so unwirklich, ich wollte gar nichts mehr wissen. Fühlte mich verflucht und war noch immer: da.

Der Tod fährt Opel Blitz

Der Opel Blitz war ein robuster Leichtlastwagen, vielseitig einsetzbar. Er eignete sich sogar dafür, eine mobile Fallschwertmaschine durch die Lande zu transportieren, von Stuttgart nach München nach Dresden nach Wien nach Frankfurt. Das Fallbeil hatte Johann Reichhart umgebaut: Eine Hinrichtung dauerte vier, fünf Sekunden. Der Verurteilte, durch eine besondere Fesselungstechnik, die von Reichhart entwickelte »Kriminalpatentzange« weithin bewegungsunfähig gemacht, wird von den Gehilfen auf die Richtbank gelegt und fixiert, der Scharfrichter löst den Sperrhebel. Kein langwieriges Festschnallen auf ein Kippbrett, kein umständliches Anlegen einer schwarzen Augenbinde, die womöglich noch mit der Schulter weggeschoben wird. Dem Verurteilten werden zuvor einfach die Augen zugehalten, damit er den Apparat nicht sieht und die nervliche Anspannung nicht so groß wird, dass Panik entsteht.

»Das wäre deine Aufgabe, das geht auch mit einem Arm.« Reichhart saß mir in der Wohnstube gegenüber, rühmte sich und lamentierte zugleich. Er sei der Schnellste hierzulande, niemand müsse mehr lange leiden, er habe sein Handwerk damit wie kein anderer vor ihm modernisiert und niemand, niemand, niemand würde das anerkennen. »So ist das, mein Junge.«

Er wohne neuerdings in einem stattlichen Haus. Er verdiene gut, sehr gut in jenen Tagen, und er sagte: »Zu Recht, völlig zu Recht!«, denn er sei fleißig und zuverlässig und wie gesagt schnell, so schnell wie kein anderer. Er habe eine Ausnahmegenehmigung beantragt, um schneller fahren zu dürfen und dass er aufblenden dürfe, was eigentlich verboten sei. Damit er noch mehr schaffe und noch zuverlässiger werde. »Ich bin doch ein getreuer Diener des Staates, August, und trotzdem wird mir die Verbeamtung verweigert. Aber so ist das, Junge.«

Reichhart war in Plauderlaune, aber es war auch Sonntag, und er musste erst am nächsten Tag wieder seiner Tätigkeit nachgehen, und das im nahen München-Stadelheim, die Fallschwertmaschine war bereits aufgebaut, alles Routine, und er fragte mich fast beiläufig: »Kann ich auf dich zählen?« Seine beiden Gehilfen fielen aus, Grippe, hohes Fieber, Gliederschmerzen, das gehe gerade um. »Die sollen nur wegbleiben, ich kann es mir überhaupt nicht leisten, krank zu werden.« Einen Ersatzmann hatte er schon verpflichtet, das sei ein starker Kerl, der könne einen Bären auf die Richtbank hieven, und so im Vorbeifahren habe er eben an mich gedacht, denn er habe nur Gutes von mir gehört, und ich wunderte mich, ob er nicht den Bruder meinte. Er kenne flüchtig auch den Vater, woraufhin dieser in der Stube erschien (Zufall oder hatte er gelauscht?), und auf mich oder vielmehr: auf den zerschossenen Arm wies und sagte: »Der Guscht, der schafft ja nix meh.« Ich wollte aufspringen, ihm erwidern, wer kümmert sich denn um die Abrechnungen, wer kann selbst mit einem Arm kräftiger anpacken als du, alter Mann, doch Reichhart streckte die Hände von sich, und er sprach, als der Springteufelvater wieder verschwunden war, das kenne er gut, keine Sorge, wirklich nur zu gut, wenn er da an seinen Alten denke. Und ich wolle nicht wissen, was er schon alles probiert habe in Zeiten, als sein Handwerk weniger gefragt war, vor dem Hitler. Eine Wirtschaft habe er gehabt, und Tanzlehrer sei er gewesen, und Gemüse habe er verkauft, in Holland, und religiöse Blätter vertrieben und alles immer nur so lange, bis herauskam, wer er wirklich war, dann war es vorbei, dann machten die Menschen wieder einen Bogen um ihn.

Der Mann im Frack, berufshalber trug er ihn jeden Tag, streckte mir die Hand hin, der Mund ein Strich, die Augen ließen mich nicht los. Ein Gesicht, dachte ich, das kein Fragezeichen kennt, und ich schlug, ohne merklich gezögert zu haben, ein.

Wir fuhren mit dem Opel nach Stadelheim. Wir durften laut Anordnung nicht zusammen mit unserem Vorgesetzten zur Hinrichtungsstätte fahren; der Scharfrichter hatte allein zu den Orten seiner Amtsverrichtung zu reisen, aber in München, da konnte man sich mit einem kleinen Trick behelfen, und prompt hatte der Gevatter ein wenig Gesellschaft auf der Fahrt. Kurz vor unserem Ziel musste ich allerdings aussteigen, das Rad von der Ladefläche nehmen und weiterfahren. So machte das auch der andere Gehilfe, ein schweigsamer Koloss, dessen Namen ich schnell wieder vergaß. Wir: in unseren dunklen Anzügen, wie auf einem Sonntagsausflug mit einer Hochzeitsgesellschaft waren wir gekleidet, und es war doch Montag, und unser Weg führte uns eine schneefreie Allee entlang zu dem umzäunten Gebäudekomplex, rechts der spitze Turm einer Kapelle, schließlich öffnete sich uns ein eisernes Tor, nachdem wir uns ausgewiesen und Reichhart bekräftigt hatte, dass es sich bei uns um seine Gehilfen handle. Die Grippe, ja, ja, die habe einige Kollegen auch erwischt, die gehe gerade um. Im Gefängnis empfing uns der Reichsanwalt: Er schüttelte nur dem Scharfrichter die Hand, nannte ihm Name und Alter der Verurteilten und überreichte ihm ein Dokument. »So jung?«, sagte Reichhart. »Was haben's denn ausgefressen?« – »Hochverrat«, erläuterte der Reichsanwalt und sagte etwas von Flugblättern, der Universität, schon lange gesucht, ein Exempel statuieren. »Sogar den Freisler haben's aus Berlin eingeflogen«, was dem Scharfrichter ein mehrfaches Nicken abrang, das ich aber nicht deuten konnte. Das Alter von Hans Scholl, einer der zum Tode Verurteilten, das fiel mir auf. Er war genauso alt wie ich, uns trennten nur ein paar Wochen. Aber was hatte ich erwartet, dass nur ältere Menschen hingerichtet wurden? Reichhart beschwerte sich, dass er unlängst noch deutlich früher informiert wurde, um wen es sich handle, nämlich bereits mit der Einbestellung, und er sich so entsprechend habe vorbereiten können. Ob der Reichsanwalt denn glaube, dass er mit dieser Geheimniskrämerei seinem Amt gemäß behandelt werde, schließlich sei er ja wohl mehr als ein kleines Rädchen in dem Verfahren, vielmehr laufe der gesamte Prozess auf seine entscheidende Einflussnahme hin und zu. Er könne den Unmut des Scharfrichters verstehen, bekräftigte der Reichsanwalt, allerdings sei das Urteil erst heute Morgen verkündet und die Hinrichtung bereits auf wenige Stunden später angesetzt worden. Mehr Zeit sei also nicht geblieben, ihn über die genauen Umstände zu informieren, es sei nun mal ein besonderer Fall, der besondere Maßnahmen erfordere. Das wiederum verwunderte Reichhart, man habe ihn doch am Freitag bereits einbestellt, um am Montagnachmittag Hinrichtungen durchzuführen, aber da sei das Gerichtsverfahren noch gar nicht beendet gewesen? – »Nun«, sagte der Reichsanwalt, sein Ton nun deutlich schärfer, »Sie wollen doch an dieser Stelle nicht die

Abläufe und die Glaubwürdigkeit unserer Justizbarkeit infrage stellen, oder?« Daraufhin blieb Reichhart still, griff sich das Formular und hieß uns weiterzugehen, wir seien schließlich nicht zum Vergnügen da.

Im Gefängnis herrschte eine merkwürdige Stille, aber was hatte ich erwartet? Einen Wirbel von Faustschlägen, ein Rütteln an den Zellentüren? Dass die Insassen schrien? Um Gnade flehten oder nach Gott riefen? Reichhart hatte es nicht eilig, er fühlte sich hier offenbar heimisch, wenn man das so sagen kann, jedenfalls kannte er jeden, sprach mit einer Wäscherin ein Wort, die es hinter vorgehaltener Hand sehr bedauerte, wer da gleich unter dem Fallbeil landen würde, es seien brave Herrschaften, und ein Vater von drei kleinen Kindern sei darunter, das jüngste gerade erst geboren, das müsse man sich einmal vorstellen: »Es trifft mir aufs Herz.«

»Was ist, August, kommst du?« Wir wurden dem ersten Häftling vorgestellt, Christoph Probst, der Scharfrichter legte ihm die Fesseln an und gab sich dabei kühl, wie unbeteiligt; ich vermute aber, er wollte seiner Vorstellung nach würdevoll, seinem Amt gemäß agieren, und das Amt erlaubt keine Sentimentalitäten, das Amt erfordert einen reibungslosen Vollzug.

Ich konnte Christoph Probst nicht in die Augen sehen. Die Tatsache, dass er gefesselt wurde und die Hinrichtung unmittelbar bevorstand, ließ seinen ganzen Körper erzittern, und er rang sich eine Frage ab, die er zunächst an Reichhart richtete, daraufhin an den Justizangestellten, der uns begleitete, und dann an uns, die Gehilfen des Scharfrichters, und schließlich an alle zusammen. »Haben Sie Kinder?«, fragte er. Er fragte es immer wieder. »Haben Sie Kinder?« – »Haben Sie Kinder?« – »Haben Sie Kinder?« –

»Haben Sie Kinder?« – »Haben Sie Kinder?« – »Haben Sie Kinder?« – »Haben Sie Kinder, verdammt?« – »Haben Sie Kinder?« – »Haben Sie verdammt noch mal Kinder?« Reichhart übte währenddessen sein Amt aus, ungerührt, antwortete nichts, und auch wir blieben stumm. Der Scharfrichter nickte dem Verurteilten zu, er konnte vieles über sein Nicken abwickeln, wir machten uns auf zur nächsten Zelle, da rief der Verurteilte »Wartet!«, und Christoph Probst knickte ein, soweit das mit der Kriminalpatentzange möglich war, nur um sich kurz darauf wieder aufzurichten, er holte tief Luft, was einen schrecklichen Laut ergab, und sah uns an, als ob er sich wegen seines Ausbruchs bei uns entschuldigen wollte, sagte dann aber: »Ich habe drei.« Doch auch das rang Reichhart kein Wort ab, und so gingen wir weiter.

Hans Scholl stand nun vor uns, in Sträflingskluft, eine Bibel in der Hand, die er erst auf einem Tisch ablegte, nachdem er mit den Fingern noch einmal über den Buchrücken gestrichen hatte. »Schon eigentümlich«, sagte er und schien uns erst jetzt wahrzunehmen, er grüßte uns mit fester Stimme. Reichhart erkannte wohl an der Grußformel, dass er es mit jemandem aus Schwaben zu tun hatte, und sagte an mich gerichtet: »Geh, August, bist du nicht auch a Schwab? Und gleich alt, sagtest du vorhin?« – Hans Scholl sah mich kurz prüfend an und meinte leise: »So unterschiedlich verlaufen unsere Wege«, dabei keinerlei Bitterkeit in der Stimme, bloß eine Feststellung. – »Wir hätten uns begegnen können«, murmelte ich da, und er antwortete: »Das hätte vermutlich nichts geändert.«

Ich weiß noch, dass mir diese Gefasstheit beinahe unglaubwürdig erschien, dass sie mich genauso erschütterte, wenn auch auf ganz andere Weise, wie die lauten Rufe von Christoph Probst, die ich noch im Ohr hatte, und der Verurteilte wandte sich nun ab, als gäbe es dort, wo er hinstarrte, eine Ferne. Ich konnte seinen Gesichtsausdruck nur schwer deuten. War es Stolz? Verklärung? Nein, das war es nicht unbedingt, vielleicht der Blick eines Menschen, der davon überzeugt war, dass das, was er getan hatte, nicht umsonst gewesen sein wird. Und während ich Scholl musterte (wie lange schon, Sekunden, Minuten?), schienen sich Türen und Fenster zu öffnen, ein seltsames Licht fiel in den Raum, zunächst war es schwach, dann wurde es gleißend, ich konnte nicht sagen, woher es kam, man musste die Augen schließen, doch ich tat es nicht, und in diesem Licht sah ich Hans Scholl, sein Gesicht veränderte sich, verwandelte sich zu Hunderten, Tausenden Gesichtern, ich hatte sie alle schon einmal gesehen, und dieses Tausendgesicht schrie nun, und ich sah den aufgerissenen Mund und hörte den Schrei, ich hatte ihn so oft schon gehört, hatte ihn herbeigeführt und würde es wieder tun, und es war mir, als würde ich nun selbst schreien, als wäre es mein Gesicht, doch das änderte nichts, ich würde für immer in diesem Raum stehen, denn ich hatte mich selbst dazu entschieden, da zu sein. Dann erlosch das Licht, und die Gefängniszelle war dunkel wie zuvor. Reichhart ging das alles nicht schnell genug, er sagte so etwas wie »die Bibel, ja sicher«, legte mit tausendfach geübten Handgriffen die metallene Kriminalpatentzange an, Hans Scholl leistete keinerlei Widerstand. Ich nickte ihm noch einmal zu, doch er sah mich nicht mehr, wirkte in sich gekehrt, und ich lief dem Scharfrichter hinterher, durch Gänge, durch noch mehr Gänge, der Justizangestellte entriegelte eine weitere Tür.

Die junge Frau musterte uns und wünschte sich dann, der Scharfrichter möge ihr die genaue Prozedur erklären. Das sei nicht vorgesehen, erwiderte dieser, doch Sophie

Scholl beharrte, gleichsam als letzten Wunsch, den man ihr nicht abschlagen könne, darauf, woraufhin Johann Reichhart erklärte, sie werde alsbald geholt und in ein Nebengebäude gebracht - dort werde die Hinrichtung stattfinden. »Ich garantiere Ihnen, dass es von hier aus, also von Ihrer Zelle aus bis zum, nun ja, bis zum letzten Augenblick nicht einmal eine Minute dauern wird, Sie werden nicht unnötig leiden. Dieser da -«, er wies auf mich, »wird Ihnen die Augen zuhalten.« - »Das wird nicht nötig sein«, erwiderte Sophie Scholl, sie schluckte, fasste sich, nickte und ließ sich die Fessel anlegen.

Wir fanden uns in einer Baracke ein, in der man die Fallschwertmaschine *verwendungsfähig* aufgestellt hatte, noch war sie durch einen Vorhang verhüllt. Anwesend waren, es wurde alles protokolliert, Reichsanwalt WEYERSBERG, der Gefängnisvorstand Ob. Reg. Rat Dr. KOCH, der Gefängnisarzt Ob. Reg. Med. Rat Dr. GRÜBER, der Just.-Ang. Max HUBER, der Scharfrichter Reichhart (nicht in Kapitälchen) mit seinen Gehilfen und das weitere *zur geordneten Durchführung der Hinrichtung unbedingt erforderliche* Gefängnispersonal, das den Hinrichtungsraum gegen Einblick und Zutritt *vollständig* sicherte.

Sophie Scholl wurde hereingeführt, die *Personengleichheit* festgestellt, sie wurde unter das Fallbeil gelegt, ohne dass ich ihr die Augen zuhalten musste, Reichhart löste aus. Der Arzt Dr. GRÜBER stellte den Tod der Verurteilten fest, den abgetrennten Kopf legte ich zu dem Leichnam in den Sarg, der sogleich hinausgetragen wurde. Das alles geschah um Punkt 17.00 Uhr. Um 17.02 folgte Hans Scholl und um 17.05 Uhr Christoph Probst, nachdem jeweils die Personengleichheit festgestellt wurde. In aller Gründlichkeit, auf

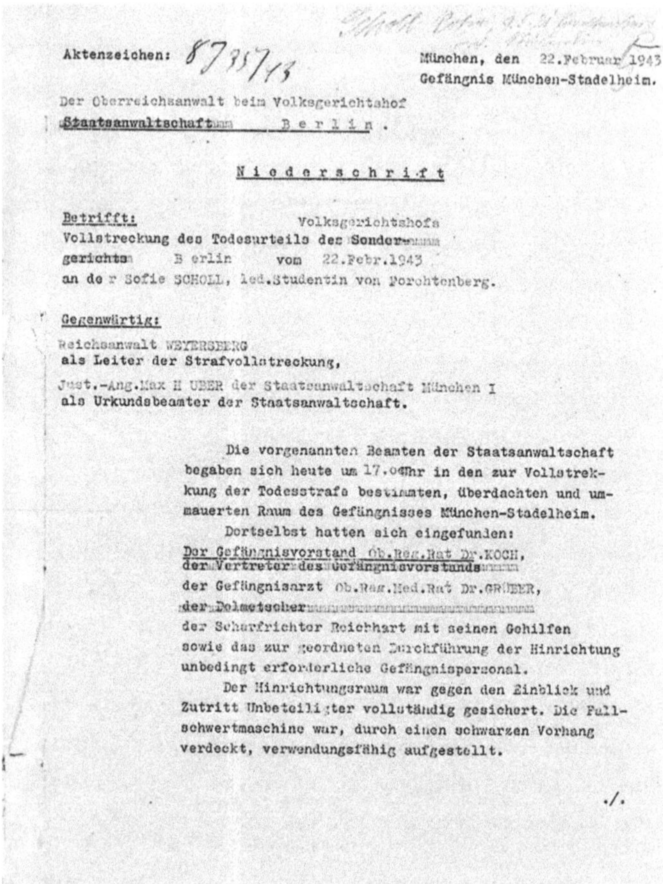

Aktenzeichen: 8 J 35/43

München, den 22. Februar 1943
Gefängnis München-Stadelheim.

Der Oberreichsanwalt beim Volksgerichtshof
~~Staatsanwaltschaft~~ Berlin.

Niederschrift

Betrifft:
Vollstreckung des Todesurteils des ~~Sonder~~ Volksgerichtshofs
~~gerichts~~ Berlin vom 22. Febr. 1943
an der Sofie SCHOLL, led. Studentin von Forchtenberg.

Gegenwärtig:

Reichsanwalt WEYERSBERG
als Leiter der Strafvollstreckung,

Just.-Ang. Max HUBER der Staatsanwaltschaft München I
als Urkundsbeamter der Staatsanwaltschaft.

Die vorgenannten Beamten der Staatsanwaltschaft begaben sich heute um 17.00 Uhr in den zur Vollstreckung der Todesstrafe bestimmten, überdachten und ummauerten Raum des Gefängnisses München-Stadelheim.

Dortselbst hatten sich eingefunden:
Der Gefängnisvorstand Ob. Reg. Rat Dr. KOCH,
~~der Vertreter des Gefängnisvorstands~~
der Gefängnisarzt Ob. Reg. Med. Rat Dr. GRUBER,
~~der Dolmetscher~~
der Scharfrichter Reichhart mit seinen Gehilfen
sowie das zur geordneten Durchführung der Hinrichtung unbedingt erforderliche Gefängnispersonal.

Der Hinrichtungsraum war gegen den Einblick und Zutritt Unbeteiligter vollständig gesichert. Die Fallschwertmaschine war, durch einen schwarzen Vorhang verdeckt, verwendungsfähig aufgestellt.

./.

die alle von Amts wegen so viel Wert legten, war in fünf Minuten alles geschehen, die Fallschwertmaschine wurde von uns gereinigt, Protokolle wurden verfasst, ausgebessert und unterzeichnet. Der Staatsanwalt stellte sich vor die Guillotine, berührte mit den Fingern das Holz und sagte: »Aus der Natur etwas derart Unnatürliches zu fertigen, das

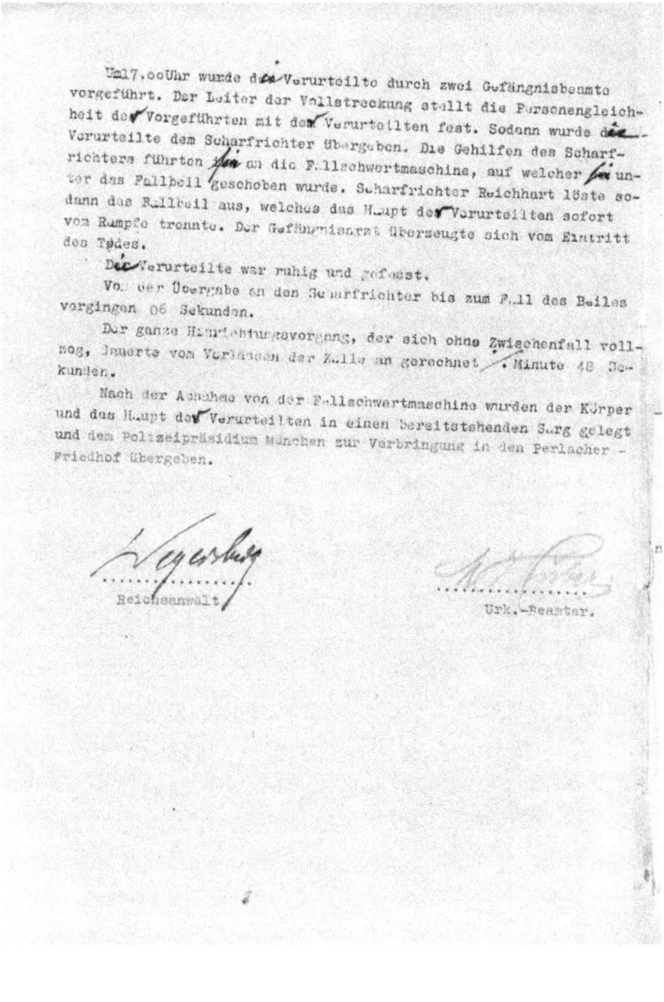

Um 17.00 Uhr wurde die Verurteilte durch zwei Gefängnisbeamte vorgeführt. Der Leiter der Vollstreckung stellt die Personengleichheit der Vorgeführten mit der Verurteilten fest. Sodann wurde die Verurteilte dem Scharfrichter übergeben. Die Gehilfen des Scharfrichters führten sie an die Fallschwertmaschine, auf welcher sie unter das Fallbeil geschoben wurde. Scharfrichter Reichhart löste sodann das Fallbeil aus, welches das Haupt der Verurteilten sofort vom Rumpfe trennte. Der Gefängnisarzt überzeugte sich vom Eintritt des Todes.

Die Verurteilte war ruhig und gefasst.

Von der Übergabe an den Scharfrichter bis zum Fall des Beiles vergingen 06 Sekunden.

Der ganze Hinrichtungsvorgang, der sich ohne Zwischenfall vollzog, dauerte vom Verlassen der Zelle an gerechnet 1 Minute 48 Sekunden.

Nach der Abnahme von der Fallschwertmaschine wurden der Körper und das Haupt der Verurteilten in einen bereitstehenden Sarg gelegt und dem Polizeipräsidium München zur Verbringung in den Perlacher Friedhof übergeben.

Reichsanwalt

Urk.-Beamter.

wäre mir nie in den Sinn gekommen« – der Gefängnisleiter indes stand mit hinter dem Rücken verschränkten Armen vor einem blinden Fenster, aus dem man nicht hinaus- und von draußen nicht hineinschauen konnte, und sagte: »Es muss doch jetzt endlich Frühling werden.« Diese Baracke, von der ich nicht mehr in Erinnerung habe als dieses blinde

Fenster, den betäubenden Süßgeruch des Todes und das Klappern der Schreibmaschine, die alles sekundengenau zu Protokoll brachte.

Ich habe die Protokolle der Hinrichtungen oft gelesen, mittlerweile kann das jeder tun. Man könnte über alle Formulierungen dieses Protokolls so schnell hinweggehen, und vermutlich hat man genau deswegen diese Amtssprache erfunden, um darüber schnell hinwegzugehen. Für mich ist jedes Wort, jeder Satz von großer Bedeutung, aber das ändert nichts, es macht nichts rückgängig. Das Protokoll über die Hinrichtung von Sophie Scholl: die handschriftlichen Korrekturen, damit aus einem männlichen Verurteilten eine weibliche Verurteilte wird. Sah das Amtsdeutsch keine weiblichen Hochverräter vor, gab es dafür keine Formblattformulierungen? Dann dieser Satz: *Die Verurteilte war ruhig und gefasst.* Wie kann ein Mensch ruhig und gefasst sein in dieser Situation, und doch lügt das Protokoll nicht. Sogar Reichhart zeigte sich später angeblich beeindruckt von ihrer *Ruhe und Gefasstheit*, auch wenn er mir gegenüber darüber kein Wort verlor. Ruhig und gefasst, obwohl sie die Apparatur gesehen hat, weil sie es ablehnte, dass ich ihr die Augen zuhielt. Das entsetzliche Geräusch des ausgelösten Schwertes war das Letze, was sie hörte; ein Geräusch, das beim zweiten und dritten Mal noch entsetzlicher wurde, da man es schon kannte und erwarten musste, aber von diesem Geräusch steht nichts im Protokoll, natürlich nicht. Schließlich die Zeitangaben, die für den Scharfrichter so wichtig waren. 6 Sekunden, insgesamt 48 Sekunden. Er war nicht zufrieden, seine Laune wurde merklich schlechter, denn es ging ihm zu langsam, doch Dr. GRÜBER beschwichtigte, er habe ja nur Ersatzhelfer bei sich, »und einer von ihnen ist ja auch noch ein Krüppel«. Die Unterschriften: Reichsanwalt Albert WEYERSBERG und der Justizangestellte Max HUBER. Wie ging es ihnen, als sie dieses Protokoll später noch einmal in die Hand nahmen, falls sie es jemals wieder gelesen haben? Wie fühlte es sich an, wenn alle Welt weiß oder zumindest wissen kann, dass sie bei der Hinrichtung dabei waren, dass sie für die Ordnungsgemäßheit der Prozedur sogar mit ihren Namen bürgten? Spielte es eine Rolle für sie, oder sagten sie: »Wir haben nur unser Amt ausgeübt und dürfen deswegen nicht als Mörder gelten!« – genauso wenig wie Johann Reichhart als Mörder zu gelten hat und wir, seine Gehilfen, die in dem Protokoll nicht namentlich erwähnt werden? Macht es für mich einen Unterschied, dass nur ich weiß, dass ich bei der Hinrichtung von Sophie Scholl und Hans Scholl und Christoph Probst dabei war, als Helfer am Schafott, und eben nicht die ganze Welt? Ich wünschte, wenn es mir noch erlaubt wäre, etwas zu wünschen, mein Name stünde auf diesen Protokollen.

Das Protokoll über die Hinrichtung von Hans Scholl war schon geschrieben, da wurde es erneut in die Schreibmaschine eingespannt. Auch hier findet sich das unglaubliche »gefasst«, aber der Protokollant Max HUBER ergänzte: »seine letzten Worte waren es lebe die Freiheit«, wiederum handschriftlich korrigiert und in Anführungszeichen gesetzt von Reichsanwalt WEYERSBERG. Der Hinrichtungsvorgang vollzog sich *sonst* (handschriftlich) ohne Zwischenfall. Hans Scholl benötigte nur zwei Sätze – »Das hätte vermutlich nichts geändert« und »Es lebe die Freiheit!« –, um mir in der Nacht darauf all die Situationen, all die Entscheidungen noch einmal vor Augen zu führen, bei denen *ich* die Gelegenheit hatte, meinen Weg zu bestimmen. So stand ich nur da, nicht auf der Seite der Freiheit, sondern auf der Seite der

Justiz und ihrer Ämter, die diese Hinrichtung als *ohne Zwischenfall vollzogen* aktenkundig machten.

Reichhart sammelte uns, nachdem wir ein, zwei Kilometer mit dem Rad gefahren waren, mit dem Opel Blitz ein. Ein sonniger Tag war es gewesen, jetzt hatte bereits die Dämmerung eingesetzt, und es war merklich abgekühlt. Auf der Fahrt schwiegen wir, bis Reichhart abrupt bremsen musste, weil ein anderes Fahrzeug sich quergestellt hatte, es ging nicht weiter. Die Straße war schlammig geworden, unser Vordermann steckte fest. »Ja wo gibt's denn so was«, murrte Johann Reichhart und trommelte auf das Lenkrad, fluchte. »In Russland gab es das an jeder Ecke«, sagte ich, aber er ging nicht darauf ein, trommelte weiter und verließ dann, nicht ohne sich den Zylinderhut zu schnappen, den Wagen und brüllte den hilflosen Fahrer des anderen Fahrzeugs an. Mit dem Zylinder und in dem fahlen Licht wirkte der aufgebrachte Reichhart beinahe doppelt so groß wie der Mann vor ihm, dieser duckte sich immer mehr, bis er schließlich erneut versuchte, den Wagen aus dem Schlamm zu manövrieren, ohne Erfolg. Wir mussten aussteigen und ihm helfen, beschmutzten unsere Anzüge dabei, der Scharfrichter, wieder gefasst, stand neben uns mit verschränkten Armen, er dürfe es sich von Amts wegen nicht leisten, seinen einzigen Frack zu besudeln, denn morgen sei er wieder im Einsatz, und was sollten die Leute denken. Wir schafften es, fuhren weiter, und der Scharfrichter hatte endgültig in seine offenbar über die Jahre perfektionierte Haltung tiefgefrorener Gleichgültigkeit zurückgefunden. Am Hof angekommen, zahlte er mich aus, ich sagte zu ihm wohl etwas Ähnliches wie »Das war mein erstes und mein letztes Mal«, und es stahl sich ein Grinsen auf sein Gesicht, Reichhart nickte, wie er immer vielsagend nickte, und ließ mich gehen. Ein Teller Wirsingkohl wartete auf ihn, wartete auf mich, ein Scharfrichter und sein Gehilfe mussten an einem solchen Arbeitstag nicht Hunger leiden. Reichhart legte später, nehme ich an, ohne Gewissenbisse das Haupt auf ein Kissen in seinem neuen, würdevollen und angemessenen Haus in einer für den Stellenwert seines Amtes angemessenen Nachbarschaft. Und sollte er sich vor dem Einschlafen gefragt haben: »Ist das nicht alles, was man braucht?«, fand er darauf wahrscheinlich eine eindeutige Antwort.

In der schlaflosen Nacht zum 23. Februar erwachte in mir etwas, das ich lange erwartet hatte, ohne zu wissen, was genau es sein würde. Jetzt war es da, und in gewisser Weise war ich froh darüber. Allein in meiner Kammer öffnete sich etwas in mir, und der Schmerz trat herein, und er war mir willkommen, weckte einen fiebrigen Furor in mir, der bis zum Morgengrauen andauern sollte. Wie im Lazarett, wie in der Gegenwart von Hans Scholl erschienen mir Gesichter, und diese Gesichter waren verzerrt, Spinnen wanderten über ihre Wangen, Stirne und Augen; Zecken verbissen sich in die Haut; saure, stumme Schreie lagen auf den Lippen, die sich mit einem Mal in Schnäbel verwandelten: schwarze, rote, blaue Federn um mich herum. Marussia, jetzt hatte ich meine Vogelschar wieder, und die Vögel sangen nicht, tirilierten nicht, sie stellten stumm immer nur dieselben Fragen: Warum hast du nicht, warum bist du nicht, warum warst du nicht da? Der Schmerz dieser Vogelgesichter übertrug sich auf mich: Isas Schmerz, Pauls Schmerz, Andreis Schmerz (der nebenan im Stall schlief), der Schmerz des Majors, der Schmerz des Maifräuleins, des Bruders, der

Schmerz Johann Reichharts, der Schmerz des Mädchens, das mir eine Kugel in den Arm geschossen hatte, der Schmerz von Sophie Scholl und von Hans Scholl und der Schmerz von Christoph Probst - dieser Schmerz brach mir die Wirbel, und gleichzeitig verlieh er mir eine seltsame Kraft, er schenkte mir Klarheit darüber, was nun zu tun sei. All jene waren in meiner Kammer - sie waren nun wieder sie selbst, keine Vogelgestalten mehr -, die mir hatten Wege zeigen wollen, die Fahrscheine für mich in den Taschen hatten für eine neue Welt, und ich hatte diese Angebote stets ausgeschlagen, war es nicht so? Paul sang mir ein Lied und wartete noch einmal am Lindenbaum auf mich, und ich wünschte so sehr, ich könnte zurückreisen in diese Nacht und noch einmal entscheiden, ob ich mit ihm gehen würde oder nicht. Und auch Isa war da, sie trank ein Glas Wein und wartete auf mich, vergeblich, und ich wünschte und wünsche es noch immer, ich könnte diesen Tag zurückholen. Isa löste sich auf, und jetzt war da Andrei, er sagte: »Das ist die Schönheit der Welt!«, während Würmer aus seinem Mund krochen, das Maifräulein lächelte mit glühenden Augen, und es flog mir eines meiner Hefte zu, das jemand zusammengeklebt haben musste, denn ich hatte es doch zerrissen, und der Bruder klopfte mir auf die Schulter und sagte, wir würden uns bald wiedersehen, »warte noch, Guscht, es dauert nimmer lang«. Ich durchschritt die Kammer, nach zwei, drei großen Schritten hatte ich die jeweils andere Wand erreicht, so durchmaß ich den Raum von links nach rechts, von vorne nach hinten, stundenlang, immer wieder, lachend, weinend, brüllend, tobend, hatte diese Sätze im Ohr, »das würde vermutlich nichts ändern« und »es lebe die Freiheit!«, mal wurde das Licht heller, beinahe gleißend, mal war es dunkel, sodass ich mit dem

Körper gegen die Wände stieß, jemand sagte: »Du hättest eine Flamme sein sollen, August, und bist doch nur eine Funzel geworden«, und der Schmerz trieb mich an, immer weiterzugehen in meiner Kammer, noch eine Runde und noch eine, die Wände zogen sich zusammen, sie öffneten sich zu Landschaften, die ich kannte, Isas Ruine, das Wilhelminum mit dem Kolkraben, die *Isbas,* die russische Ebene aus Birkenwäldern und gefrorenen Seen, bald waren es Traumlandschaften, alles nur mit groben Strichen angedeutet, und die Leere in all diesen Gegenden war - aber was hattest du erwartet, August, was? Ein neuer Tag brach an, die Sonne wollte scheinen und würde so schnell nicht damit aufhören, was immer uns auch einfiel, was immer wir taten und uns antaten. Barfuß marschierte ich Richtung Feld, die Luger im Hosenbund, niemand nahm Notiz davon. Was war dabei? Wenn es nach der Wahrscheinlichkeit gegangen wäre, hätte ich längst tot sein müssen, aber manche Rechnungen sind zwar richtig durchgeführt, also in einem mathematischen Sinne korrekt, das Ergebnis ist dennoch bedeutungslos. Ich sagte mir im Morgengrauen in einem letzten Anflug von Selbstbewusstsein, vielleicht sogar von Stolz: Diesmal wird mich der Tod nicht übersehen. Und als ich den Acker erreichte, schien mir nur noch eine Möglichkeit offenzustehen: ausruhen von diesem Gehen, das niemals ankommt.

Der Anfang am Ende

Als ich am 23. Februar 1943 auf den Acker lief, war ich in meinen vierundzwanzig Lebensjahren dreimal dem Tod begegnet. Die vierte Begegnung wollte ich auf dem Acker selbst herbeiführen, es sollte die letzte sein. Ich war dieses Leben leid und verschwendete keinen Gedanken mehr an Gnade oder Gott oder an den Teufel. Ich erinnere mich, dass es ein angenehmes Gefühl war, als die nackten Füße die feuchte Erde berührten. Ein vertrautes Gefühl, der einzig denkbare Ort für meinen Abgang. Der Schnee war längst geschmolzen, der Boden weich und schlammig. Es war ein sonniger Tag, und alle Welt sprach vom Frühling, aber die Luft trug noch keine Spur von ihm, war noch winterherb und vom Einheizen gegen die Kälte verräuchert. Im Hosenbund steckte die Luger, ich spürte den Kolben bei jedem Schritt. Ich wollte mich genau in der Mitte des Feldes platzieren, den Fichtenwald hinter mir, die Krähen gaben mir mit ihren vertrauten Rufen das Geleit. Wollte dem am Feldkreuz hängenden Herrn Jesu Lebewohl sagen und abdrücken. Sollte er ruhig zuschauen, wie ein weiteres Schaf dem Hirten die Gefolgschaft aufkündigt. Aber das war im Grunde bedeutungslos, denn hatte ich das nicht schon längst getan?

Ich zog die Pistole mit der guten Hand aus der Tasche und presste sie an meine Schläfe.

Einatmen.

Ausatmen.

Da störte ein Motorgeräusch die Sekundenstille vor dem Schuss. Es war jener Opel Blitz, der die Leute dazu brachte, sich zu bekreuzigen, wenn er vorbeifuhr. Nicht viel später stakste Johann Reichhart langsam über das Feld. Er trug noch immer oder schon wieder seine Arbeitskleidung, den abgewetzten schwarzen Frack, den Zylinder hatte er wohl im Auto gelassen. Mit der Luger in der Hand stand ich da wie ein Pennäler, den man beim Rauchen erwischt hatte.

»Wenn du es nicht richtig machst, wirst du erst recht unglücklich«, sagte er mit seiner heiseren Stimme. »Warum fragst du nicht mich? Ich habe alles, was man dafür braucht, in meinem Auto. Und so schnell und gründlich bekommt das hierzulande niemand hin, das weißt du doch. Also, mein Junge, was machen wir jetzt?«

Ich steckte die Pistole in den Hosenbund, Reichhart zog den rechten Schuh aus dem Schlamm und gab einen Laut der Verärgerung von sich. Ich muss zugeben, dass es mir heute unwirklich vorkommt, dass Reichhart auf diesem Feld war. War er bloß ein verspätetes Schattenbild einer bildreichen Nacht? Vielleicht stand ich noch immer allein auf dem Feld, aber in meiner Vorstellung fragte ich ihn, ob er mir denn als Gevatter nicht sagen könne, warum ich noch am Leben sei und ob es nicht wenigstens einen absehbaren Zeitpunkt gebe, an dem *all das* für mich zu Ende sein würde.

»Heute sicher nicht«, sagte Johann Reichhart. »Ich habe dich auf keiner Liste stehen, tut mir leid.« Ich wusste nicht, was ich mit dieser Antwort anfangen sollte, aber offenbar erwartete der Gevatter eine Reaktion auf seine Aussage. Es entstand eine lange, unangenehme Pause. Die Krähenrufe waren verstummt, ein Wind kam auf.

Danke

Ich danke allen von Herzen, die mir geholfen haben, dieses Buch zu schreiben und zu veröffentlichen, die mir zugeraten und die mir Schreibzeit geschenkt haben, darunter:

Steffi und Milo

Daniel Wichmann
Benjamin Brückner
Selmar Schülein
Marion Vazquez
Gunnar Cynybulk
Ekaterina Pashchenko
Andreas Ullmann
Mariya Zoryk
Michael Wiederstein
Christoph Hägele
Jan Burmester
Tanja Eisenach

Eric Howden
Nora Gomringer
Martin Habermeyer
Eberhard Herrmann
Bogdan
Christine und
Heinrich Michael Clausing
Gertrud Fuchs
Melanie Schädlich
Nico Schröder
Stefan Mayr
Antonia Hausmann
Susann Brückner
Marie-Isabelle Wagener

Nachweise

Hans Fritz Beckmann (Text) und Friedrich Schröder (Musik): Ich tanze mit dir in den Himmel hinein. 1937.

»Der Wind des Krieges ...« frei nach dem Zeichentrickfilm: Bláznova kronika. Regie: Karel Zeman (Chronik eines Hofnarren, 1964).

Wilhelm Müller (Text) und Franz Schubert (Musik): Frühlingstraum, in: Franz Schubert: Die Winterreise. 1827.

Cees Nooteboom: Rituale. Übersetzt v. Hans Herrfurth. München 2001, S. 9. (»Die Erinnerung ist wie ein Hund, der sich hinlegt, wo er will.«)

Protokoll über die Hinrichtung von Sophie Scholl: BArch ZC 13267 Bd. 8, in: https://opinioiuris.de/node/1603/daten.

Peter Rühmkorf: Und ich war da und da warst auch Du, in: ders.: Gedichte. Werke 1. Hg. von Bernd Rauschenbach. Reinbek 2000, S. 38.

Kornej Tschukowski: Doktor Aibolít, in: ders.: Das Wunderbuch. Moskau 1974 (o. S.).